记忆深处留的几行脚印

蒋 风 散 文 选

蒋 风 著

北京时代华文书局

图书在版编目（CIP）数据

记忆深处留的几行脚印：蒋风散文选 / 蒋风著 . -- 北京 : 北京时代华文书局 , 2024. 9. -- ISBN 978-7-5699-5660-3

Ⅰ . I267

中国国家版本馆 CIP 数据核字第 2024BL5344 号

JIYI SHENCHU LIU DE JI HANG JIAOYIN JIANG FENG SANWEN XUAN

出 版 人：陈 涛
选题策划：韩 进 许日春
责任编辑：石乃月
责任校对：陈冬梅
封面设计：贾静洁
版式设计：王艾迪
责任印制：訾 敬

出版发行：北京时代华文书局 http://www.bjsdsj.com.cn
　　　　　北京市东城区安定门外大街 138 号皇城国际大厦 A 座 8 层
　　　　　邮编：100011　电话：010-64263661　64261528
印　　刷：天津丰富彩艺印刷有限公司
开　　本：710 mm×1000 mm　1/16　　　成品尺寸：170 mm×240 mm
印　　张：13.5　　　　　　　　　　　　字　　数：178 千字
版　　次：2024 年 9 月第 1 版　　　　　印　　次：2024 年 9 月第 1 次印刷
定　　价：39.80 元

序
他一生牵牵念念的总是这片初阳文学地

韦苇

我读鲁迅家乡题材的小说，譬如我读他的《阿Q正传》《祝福》《故乡》《社戏》，由于我同鲁迅生长的地域相近，又由于我与鲁迅生活的年代也只差半个多世纪，因而总是特别亲切，特别有感触。我曾有专文述说过鲁迅《阿Q正传》里的"栗凿"和"虫豸"，北地的朋友可能不理解，而我因为生长地与鲁迅的生长地相近，甚至觉得鲁迅用的这两个词就是我小时候的家乡话。至于《社戏》中写的"到赵庄去看戏"，那场面就与我的童年生活情景无大差别了——老旦出台"坐下了唱"，台下的孩子如何熬不住；转程回家路上，看见"岸上的田里，乌油油的便都是结实的罗汉豆"，便去偷了一大捧烧了吃……简直就是我童年的生活。同样地，我读艾青的《大堰河——我的保姆》，其情感体验我也如同亲历，那"灶火"，那"围裙"，那"酱碗"，那"柴刀"，都曾天天出现在我童年的生活里。我对鲁迅和艾青，以及对他们的作品的理解，应是比他地的人多了几分天缘。

同理，我读蒋风先生收在这个集子里的散章文字，由于他与我所生活、工作、活动的场域环境和时代环境颇多相似，体会总会更全面、更深切。我相信，我和蒋先生的价值观、人生观、世界观会有很多共同之处。

我和先生所处时空交集、重合较多，使我对先生青年时代步步艰辛的文学逐梦感同身受。他别无选择，他就生长在那个时代，做那个时代的知识青年，就得在日寇侵凌我中华的苦难岁月里求生、求学；在那个时代进行文学逐梦，就得付出那个时代不能不付出的代价。对于他，书中所描述的诸般苦难，不是一个可接受可不接受的选择题，而是一个如何接受和如何对待的必答题。那时的青年，纵然有的遇到了比蒋先生更好的机遇，譬如有幸进了如西南联大①那样的一流高等学府，却也少不得在昆明因日本鬼子飞机天天狂轰滥炸，而"跑警报""躲防空洞"。蒋风为了争取一个理想的文学前程，下定决心踏上莫测的前路，历经一个又一个噩梦。不幸中的万幸，是在"华北之大，已经安放不得一张平静的书桌"的时候，蒋风争取到了在一处僻远山乡"睡大教室""穿满是补丁的衣服""脚踏磨穿的草鞋"读普希金、巴尔扎克和契诃夫的机会。就生活环境的困顿、严酷而论，他自然是当时不幸青年中的一个，而就他争取到读大学、受高等教育（虽然很不正规）的机会这一点来说，他又是历尽艰难险阻、不懈奋斗而有所收获的幸运青年。当蒋风在闽、浙山乡追逐着文学梦的时候，我还是一个在小学就读的懵懂孩子，曾有一天，我在山坡上放牛，忽见两辆站满鬼子的敞篷货车从不远处疾驰而过，车上鬼子黄褐色军帽上披挂到脖颈四围的布条，片片被风卷起（现在每每想起那一幕不禁后怕得心直发悸——要是那些鬼子中有一个

---

① 国立西南联合大学，抗日战争时期由北京大学、清华大学、南开大学联合建立，位于云南昆明。

一时兴起，觉得打死个中国孩子很好玩，对准我放上一枪，那就没有此刻坐在这里写这篇文字的我了）。后来，年轻的蒋先生在南京国民党政府总统府门前刷大标语要求民主的时候，我在一座古桥的桥头跟着一位女教师唱"解放区的天是明朗的天"……我们在不同的地点期盼着从噩梦中醒来就是一个阳光灿烂的早晨。这些，都可以说明，我和先生确实是以不同年龄、不同地域从那黑暗岁月深处走出来、走过来，我们对那个时代有着共同的感知、共同的记忆——虽然深浅程度大有差别。

"艰难困苦，玉汝于成。"

艰辛的人生历练对于一个人的意志锻炼具有决定性的意义，或可说，对一个人的前途和命运具有决定性的意义。蒋先生事业有成、专业有成，当与他青年时代经受千磨万击而始终锐意进取的人生姿态有千丝万缕的关联。

儿童文学理论，只有具备前瞻眼光和超前意识的人，才会愿意在它上面投放时间和精力。20世纪五六十年代关注儿童文学理论的人，仿如在荒漠上营造绿荫，其寂寞是可以想象的；但它的重要性又是不言而喻的。儿童文学研究若不能和儿童文学创作构成双轮、双翼的格局，那么儿童文学的发展必然处于"跛行"状态。儿童文学创作决然少不得与之匹配的理论支持和扶助。果然，70年代末，在注定要载入儿童文学史册的一次会议——庐山会议[①]上，彼时的儿童文学精英们满怀激奋的心情，热烈憧憬儿童文学的未来发展，蒋风此前研究儿童文学十来年的业绩，在这个历史性大会上就得到了肯定和重视。受这次大会热烈气氛的

---

① 指1978年在江西庐山召开的第一届全国少年儿童读物出版工作座谈会，被称为儿童文学的"庐山会议"。

鼓舞，蒋风意气风发、斗志昂扬，从庐山归返浙江师范学院（1985年更名为浙江师范大学），立即信心满满，发力同时进行三项建设：招收儿童文学研究生，为儿童文学未来发展招兵买马，成立儿童文学研究室。因了他的呼号和奔走，这三项极富前瞻性的大事一一成为现实。不久后蒋先生就出版了他多年的学术研究心血——《儿童文学概论》，填补了一个重要的理论空白。随着浙江师范大学儿童文学研究力量的增强、儿童文学著作的陆续出版、儿童文学对外活动所产生影响的扩大，蒋先生在国内甚至国外声望日隆。

谁都知道，浙江师范大学作为全国儿童文学研究的一个重要阵地名声在外，都是由于蒋先生擅于出"金点子"而连连创业成功。中国儿童文学自来无史，我的《世界儿童文学史概述》首次填补了这一空白，就因为蒋先生信任我，80年代初就敢安排我一个儿童文学底子还十分薄弱的人在全国儿童文学进修班上开设"外国儿童文学"课。我是学外语的，硬着头皮临时砌灶、临时烧火、临时找米下锅，终于白手起家，把世界儿童文学史的框架搭起来，打印出了四厚册讲义，史无前例地在我国开设了外国儿童文学课程。而后因为出版社提议，我把讲义完善成书，于是才有了我的第一部学术著作，算是"用一块砖头敲开了儿童文学大门"，还被中国儿童文学的奠基人之一陈伯吹老先生称誉为"拔山、举鼎""一木支大厦"。但是我心里始终明白，倘使不是当时蒋先生"异想天开"，冒险给我压担子，就不会有我学术生涯像样的开端。我这是想说，许多粗看与蒋先生无关的事，其实关键性的一环，就在于蒋先生在儿童文学事业上的将帅胆魄。

蒋先生为中国儿童文学做了大量工作，孜孜不倦、坚韧不拔、筚路蓝缕，更让我惊叹、感佩的，是他独自一人，不怕势单力薄，不怕琐细繁杂，不怕赔上时间精力，甚至不怕赔上资财，办起儿童文学非学历研究生班。还真的天遂人愿，从全国招来一批批有本科学历的儿童文学爱好者，年年夏天按承诺讲习授课。他同时办起了一张《儿童文学信息》报，自己筹稿、审稿、编稿、排版、付印并向全国投寄。他的这两项"自己想出来做"的外向型工作，可说是有一种冬日炉火的效应，让儿童文学爱好者们有一个抱团取暖的机会。

　　凭这些散章文字可能还不能够窥得蒋先生的全貌，但是他在中国儿童文学历程上留下的这串串屐痕，我们已可以清晰地看到。也许它们第一位的价值是史料价值，有它们的存在，儿童文学的来路就此可见一斑。它们是其他人的其他文字所不可替代的。传记之类往往不能够佐证一个学人的真实面貌，而蒋先生亲笔写下的这些散章文字却能够。

　　我爱把儿童文学说成是初阳文学。儿童文学字里行间要闪烁着晶莹晨露，要传递着人类的良善祝福。从蒋风先生的这个集子里，我们能够明白地看到他一生牵牵念念的，总是这片晨曦照耀的文学地。

目录

我的祖父蒋莲僧先生

先祖莲僧先生（1865—1943），浙江金华人，学名蒋瑞麒，初字莲苏，后改用莲僧，号莲道人，别号古宁越莲僧、鹿田老农、赤松山民、卅六洞天樵者、小邹鲁人、佛图咒钵生，晚号几稀老人等。他生于同治四年，卒于民国卅二年，葬于金华城北郊野猫坞。清光绪初年秀才，补廪膳生，宣统年间一度任金华府议会议长。民国初创办金华贫民习艺所，自任所长，安排贫民学艺就业，为桑梓贫民解困，并亲自动手，指导工人同操作，精制金石竹木各式文具、工艺品，产品深受时人赞许，曾获得过巴拿马万国博览会金奖。后应聘担任浙江省第七中学①图画教师多年，培养了张书旂等出类拔萃的画家。进入中年，更为造福桑梓而热心社会公益事业，集资在金华城首创电灯公司，担任经理，解决全城照明和工业用电；又主持金华北山名胜管理委员会，开发故乡旅游资源；担任金华佛教会会长，弘扬佛法。抗战军兴，金华电气公司②为当地政府接管，先祖卸去经理职务，专事书画自娱，直到辞世。

---

① 浙江省立第七中学校，位于金华，今浙江金华第一中学。

② 原金华电灯公司。

先祖自幼资质聪颖，勤于治学，年轻时与黄宾虹、倪芠泉为同学，一起在金华丽正书院读书习画，相互探讨，过从甚密。与黄宾虹友谊更为深厚，不仅协同合作，广搜历代画家作品和画论，时相切磋，当先祖倡议创办金华电灯公司时，还聘请黄宾虹当助手，足证关系之不一般。

先祖莲僧先生钻研画艺数十年如一日，勤耕不辍，厚积薄发。初画花鸟，兼作工笔人物，无不惟妙惟肖。四十岁以后，专擅山水，取法董源、巨然、子久，尤喜用石田、墨井笔法，师其心迹，但不拘一格，更求脱出，笔墨洒脱、简洁，笔力苍劲，气韵淳古，浑厚清雅。晚年写书作画虽手腕颤抖，但更显其笔力泼辣、老练。先祖认为："学画尤当学字，字不佳画也不足观。"他身体力行，学画同时苦攻书法，从二王入手，兼习隶篆，遍临汉魏六朝传世诸碑帖，旁通各家，深谙前人行墨之精微意趣，并悟腕运之妙理，使遒劲清丽完美统一。因此，无论书画，均博采众长，深得精髓，更师法自然，摄造化之精神，充胸间之丘壑，于是逸气纵横，笔墨淋漓，清新高雅，颇具风骨，因此享誉中国艺坛。

上海人民美术出版社出版的《中国美术家人名辞典》曾做介绍："蒋瑞麒（1864—1940），字莲僧，号莲道人，浙江金华人。清光绪（1875—1908）间秀才，历任图画教师，兼工山水、花卉。卒年七十六。"（笔者按：此处生卒年有误。）上海人民美术出版社出版的"中国画家丛书"中《张书旂》（洪瑞著）一书亦曾提及："1920年，书旂二十一岁，毕业于金华七中。有两位使他终生难忘的启蒙老师，一位是他在金华七中时的蒋莲僧老师。他名瑞麒，号佛图，原是浦江人，与张书旂同乡，后住金华，清代诸生，与黄宾虹极友善，初画花卉，晚年致力于山水，取法巨然、石涛之间，笔力浑厚，色墨俱到。张书旂绘画成绩优异，深为蒋氏所器重。后来张书旂在南京中央大学^①时，曾推荐蒋进中大任教，又替他出版《蒋莲僧山水画册》（民国二十六年，上海金城工艺出版社出版）；又寄给他一本《汪采白山水画册》，亲笔题写'赠给蒋莲僧先生留念'。"（笔者按：此处将籍贯误写成浦江，将浙江七中误为金华七中。）

在习艺道路上，先祖广交艺友，不问长幼，相携共进，既有张大千、于右任、徐悲鸿、黄宾虹、黄晓汀、汪采白、程砚秋、贺天健、俞剑华、郁曼陀以及蔡寒琼、谈月色夫妇等书画名家，亦有晚辈如张书旂、余绍宋等，连当年名不见经传的武义徐从河等学艺青年，他都个个以诚相待。徐从河通过裱画师陈瑞云和范玉骀引荐得见先祖后，连续两个月，先祖经常批阅评点他的画作，临别时，还赠画十二幅，赠序一篇，且之后二人不断有书信往来。历经半个多世纪之后，从河仍感激不尽，慨叹曰："金玉良言，一生受用不尽。"余绍宋亦曾于1946年在回忆中提及："予识莲僧先生垂三十载，每相见必切磋画学，承其盛奖，许为忘年之交，盖先生长于予十八岁也。"记得1933年先祖父七十、先祖母六十双庆大寿，盛况空前，除上述海内画坛巨子外，还有谢无量、金兆丰、金兆梓等名流，均寄书画祝寿。先祖于前一年预先在老屋旁新建了三间平房，当作展室，悬挂一满，琳琅满目，美不胜收，成为当年金华一次高品位的名人书画展。

志行高洁、潜心艺术是先祖莲僧先生毕生的追求。他淡泊名利，不慕虚荣，躲避官场的应酬。有一年，他去北京，同乡邵飘萍设宴洗尘，送来的请柬上列了一班作陪的高官，先祖一看，借故当夜避往天津。他

---

① 现南京大学。

不仅终生不仕，且没有开过一次画展。学生张书旂成名后，曾会同画坛名家张大千、徐悲鸿一再邀请先祖去南京中央大学艺术系任教，均被婉言谢绝；张书旂又动员学生以学生会名义邀请，先祖乃举荐画家汪采白顶替。画坛好友黄宾虹、贺天健、俞剑华等曾多次邀请先祖去京沪等地举办个人画展；抗战军兴后，阮毅成也曾邀请他去浙江临时省会永康方岩办展，均被一一婉谢。先祖从艺六十余载，作品当以千计，虽曾出版过《蒋莲僧画册》《蒋莲僧山水画册》《蒋莲僧画页》等，但从未举办过画展。

由于几经战火、动乱，先祖书画遗墨，除了手头保存了一本手录的《赤松山志》外，家中已荡然无存。后来，我一再想从收藏者手中借来影印出版一本《蒋莲僧书画集》留个纪念，但均因种种原因未能如愿。如今先祖唯一的入室弟子姚贻庆先生倾其所有，苦心收罗，粗具规模，拟编印成集，完成了我的夙愿，欣然遵嘱略做介绍。

《金华政协》2007年第1期

童　年

童年是美丽的，也是难忘的。

在人生道路上走过了半个多世纪，往事好似过眼云烟，多少激动过心灵的人和事，都渐渐地从记忆中淡化、忘却。但童年的事，仍然像一支温馨的歌，像一个富于诗意的梦，不时浮上脑海。

我的母亲

平时，我很少有梦。偶然有梦的时候，几乎都会梦见我的母亲。

也许母亲在我童年岁月中留下的印象太深刻了。有一次我梦见母亲漾起慈祥的额纹，从霞光中走来，手里捧着一颗鲜红的心，轻声地对我说："儿呀，这给你。"当我从她手里接过那颗火热的心时，我看到她脸上飘过一丝欣慰的笑容。这时，我仿佛感觉到，自己在妈妈腹中度过的时刻，她的日子过得多么艰难。她那疲软的身躯，挺着个大肚子起早摸黑地为生活操劳。想到这里，一股暖流通过我的全身。啊，母亲，你的爱多么纯净、多么无私。

我父亲是个旧制师范学校毕业的小知识分子，在旧社会到处受冷遇，当过小学教师，也做过小职员，为了养家活口，长年在外奔波。家里留下母亲和我们姐弟四人，全靠母亲操劳，日子过得既困苦又艰难。

在梦中，我仿佛记起在襁褓中度过的那一段人生旅程。饥饿吸尽了妈妈的乳汁，不懂事的我因吸吮不到乳汁发出了一阵阵揪心的啼哭。母亲好似忘却了自己的饥饿，凝视着躺在摇篮里哭叫的我，流下了内疚的泪水……梦醒之后，我也感到愧疚。

母亲没有上过学，凭自学识得一些字，年轻时读过不少诗词，能脱口背出许多诗篇。到我记事的年龄，她常要我跟着她背诵那些诗篇。春天的早晨，不知不觉地天亮了，有时一觉醒来，听到窗外枝头上小鸟叽叽喳喳叫得欢，孟浩然的诗句就会浮上她的脑际："春眠不觉晓，处处闻啼鸟。夜来风雨声，花落知多少。"她自己低声吟哦了一遍，便教我跟着她一遍又一遍地吟诵，直到我能背出来为止。秋的夜晚，仰望夜空，银河两岸牛郎织女相对闪烁，偶有萤火虫从近处飞过，又会唤起母亲的记忆，于是她便要我跟着她低吟杜牧的名篇："银烛秋光冷画屏，轻罗小扇扑流萤。天阶夜色凉如水，卧看牵牛织女星。"夏日酷暑难当，汗流浃背，但母亲和我还是常沉浸在诗的意境之中，一起背诵着："赤日炎炎似火烧，野田禾稻半枯焦。农夫心内如汤煮，公子王孙把扇摇。"冬天的寒夜，躺在暖和的被窝里，更是我跟母亲学习古诗的大好辰光，冷月从窗棂间照进卧室，月光洒满一地，母亲就会脱口而出："床前明月光，疑是地上霜。举头望明月，低头思故乡。"那时候，我还年幼，不尽了解诗意和内涵，只是跟着一遍遍背诵，从那悦耳的旋律和节奏中得到一种美感的满足。也许母亲的思绪借着床前的明月光，飞到了千里之外的亲人身上，有着诉不尽的离愁和别绪，遗憾的是少年的我尚不知此中孤愁的滋味。

一首首从母亲记忆中迸发出来的诗篇，熏陶了一颗稚嫩的心，就这样在不知不觉中，我的生命里播下了一颗文学种子。

在黯淡中找乐趣

在我的童年时代，生活十分简朴、清苦，不要说买不起玩具，就连做游戏的机会也难得，日子过得很寂寞。

在缺少欢乐的黯淡时光中，自己只能想方设法找乐趣——春天放风筝，夏天玩蚂蚁，秋天捉蟋蟀，最有趣的要算冬天堆雪人了。

冬天的雪是美的，小时候我对它特别感兴趣。当然，那时候阅历浅，还缺少审美的眼光，领略不到它的诗意，但一场大雪之后，打雪仗、堆雪人、在雪地捉麻雀，都曾给童年的我带来许多欢乐。

记得七岁那年冬天，鹅毛大雪飘了三天三夜，我家院子里的积雪足足有两尺多厚。放晴之后，我和弟弟便在院子里滚雪球，滚呀滚的，把院子里的积雪滚成了一团。

"我们堆个雪人吧！"弟弟说。

我也高兴地说："好啊！"

于是，我们把雪球滚到院子当中，加以一番修整，就成了雪罗汉的躯干；再滚了一个小雪球安到躯干顶上，就成了雪罗汉的头；我从灶膛里找了两块木炭嵌了上去，就成了活灵活现的眼；弟弟从妈妈的梳妆台上拿来一支口红，浓浓地抹了一笔，雪罗汉就笑得张开嘴。

我正在为雪罗汉缺少鼻子而发呆，不知何时弟弟又从厨房里找来一个胡萝卜插在雪罗汉的圆脸上，成了个高高的红鼻子。

"不像，不像，哪会长红鼻子！"我说。

弟弟却理直气壮地说："严寒，冻红了雪罗汉的鼻子。"

我差点笑得睁不开眼。

正当我们像个雕塑家似的怀着成功的喜悦，欣赏自己作品的时候，妈妈来喊我们吃年夜饭了。

我跟弟弟边唱边走进屋里：

"雪人，雪人，跟我来，快快回家吃年夜饭。今晚无啥好小菜，萝卜干加个咸鸭蛋。"

岁月匆匆地走过半个多世纪，许多往事都已在脑海里逐渐淡忘，但这个堆雪人的场面，仿佛过电影似的，还在我的脑海屏幕上呈现。

小老师

七七事变后不到半年，日本侵略军占领浙江的省城，杭州沦陷了。

我的家乡离杭州仅两百公里，杭州沦陷的消息传来，金华这个坐落在浙江中西部丘陵地带的小城，就乱哄哄得像一窝丧失了女皇的蜂群，家家户户都忙着四处逃难。

那时候，我爸爸在外地谋生，妈妈带着四个孩子逃到离县城三十多华里①的北山玲珑岩村。一家五口人正在担忧生计的时刻，听到村子里的小学要找个教师的消息，我母亲顾不得跟我商量一下，便为我接下这份并不简单的差事。玲珑岩村有个类似私塾的小学，本来有个外地的老塾师在这里任教，杭州一沦陷，兵荒马乱，老先生便辞职回去了。村长为五六十个孩子没人教而唉声叹气，急于找个教师来顶替。他也没摸清底细，不大了解我当年还是个十二岁的孩子，仅看到我高高的个子，是个文质彬彬的初中生，听到我母亲的推荐，就满口同意：

"好啊，让阿康来试试。"

我母亲为全家五口人找点生计，只求多少能补贴一点家用，也不敢

---

① 即市里，长度单位，1 华里 =500 米。

提待遇问题。村长思忖在这烽烟弥漫的年头，唯恐找不到教师，就主动地关心："这年头，你家也困难，阿康吃种饭，再每学期给薪俸三百斤谷，好不好？"那时候的我毕竟还是个孩子，不知道三百斤谷究竟值多少钱，更不懂得吃"种饭"是什么含义。

村长接着解释："'种饭'就是由学生轮流供应伙食，每个学生家里吃一天。"

妈妈满口答应："好啊，好啊。"

就这样拍板定了局。我由一个乳臭未干的、还待受教育的孩子，一夜工夫变成了一本正经的、教育别人的小老师了。

第二天，我便走马上任了。

玲珑岩这个百多户人家的山村，分上下两村，两村相距一里多路。上村与下村之间的山路旁有一座孤零零的祠堂，小学就设在这座祠堂里。祠堂内外两进，外进是教室，内进本来是老塾师的卧室和厨房。十二岁的小老师上任，学校重新开学了。这所小学只有五十多个学生，分成六个年级，每个年级有八九个学生，一个年级坐一行，进行六复式教学。六行学生构成了一个小学，学校的语文老师是我，数学老师是我，自然，史、地、音、体、美老师也是我，而且我还身兼三职：校长、教师、校役。

学生到校后，我才发现，天啊，竟有二十四五岁的"大学生"。我这个十二岁的孩子，竟要教年龄比我长一倍的学生。我从心底萌发了一丝胆怯。

开头几天，每当我打了上课钟之后，我的心就怦怦跳个不停。教不好就要丢饭碗啊！我就强压自己的胆怯："要镇静，不许心慌意乱。为了全家人的生计，一定得保住这个饭碗。"山乡的学生多数比较朴实，又受过老塾师严厉的管教，课堂秩序一般尚好。好在我从小爱读课外书，知识面还广，肚子里故事装了不少。每当学生注意力分散，课堂秩序有波动时，我就给学生讲个故事，把学生的注意力吸引过来。

　　一个学校总会有个把调皮的孩子。开学不久，我给五年级学生上语文课，叫一个二十来岁的学生朗读课文。他故意把许地山的《落花生》中的一段"我们屋后有半亩隙地。母亲说：'让它荒芜着怪可惜，既然你们那么爱吃花生，就拿来做花生园罢①。'"阴阳怪气地念成"我们屋后有半亩雪梨，老师说：'管他花的白的怪好吃，既然老师那么爱吃花的，就拿来种花梨罢。'"惹得哄堂大笑。一二年级那些小娃娃本来正在专心致志地做老师布置的作业，听到笑声，虽然莫名其妙，但也跟着笑得前仰后合。这一下，使我这个年幼缺少经验的小老师面红耳赤，手足无措，狼狈不堪。

　　放学时，我把这个捣蛋的学生留了下来。他开始有点紧张，以为我一定要狠狠地批他一顿，更担心我会把他带到他家里去，向他父亲告状。但是，我既没有向他父母告状，也没有板着脸教训他，而是叫他跟着我打扫教室和庭院。农家的孩子都有很好的劳动习惯，他看我没有训斥他，就干得特别起劲。也许他后悔今天课堂上的捣蛋行为使我感到难堪，想用他的劳动弥补自己的过失。

　　打扫结束，我和他结伴回村去，走过一片杉木林，我问他："种过树吗？"

　　"种过。"

　　"种上一棵树得花费多少心血啊！松土、育苗、施肥、修剪……才能成栋梁之材。"

---

① 旧时同"吧"。

"那当然。"

"你爸妈节衣缩食送你上学,多不容易,也是为了让你成才。我希望你好好学习,也是希望你将来成为栋梁之材。"

他领悟我的言外之意,低下了头。

到他家门口时,他突然迸出了一句:"老师,我以后再不胡闹了。"

这位皮大王被我感化之后,我这个小老师成了全村的新闻人物,人们到处传扬我的事迹,见到我母亲便赞不绝口:

"阿康娘,你真好福气,生了个好儿子。"

"小老师比过去那位老先生还强啊!"

小交通员

日本鬼子占领杭州,金华这个山城乱了一阵子。侵略军没有越过钱塘江南进,局势又稳定下来了,逃到山里去避难的居民也陆续回城安家。

我在玲珑岩村当了半年的小学教师之后,也随家迁回金华城内。这时,我家东厢房内已经住着一位汤叔叔。过了一些日子,我就隐隐约约知道他是个共产党人,从延安陕北公学①毕业后分配到金华来做地下工作。他的公开身份是国民党军事委员会东南工程处办事员。

我回城后,汤叔叔就经常主动借一些书给我看,有高尔基的自传体小说《童年》《在人间》《我的大学》,也有当时我不大看得懂的《大

---

① 中国共产党在延安创办的革命学校,中国人民大学、西北政法大学的前身。

众哲学》《机械唯物论批判》等。强烈的求知欲促使我生吞活剥地读了不少书，也不管看得懂看不懂。

这时，金华成了东南前线最繁荣的文化城。从上海、南京、杭州撤退下来的进步文化人云集在金华，例如邵荃麟、葛琴、骆耕漠、骆宾基、冯雪峰、杜麦青、刘良模、严北溟等都在这个山城进行抗日救亡活动。当时有二三十种报刊在这个原来只有五万人口的小城出版，抗日救亡宣传活动十分活跃，例如《浙江潮》杂志社就经常举办时事报告会、读者座谈会。汤叔叔常带我去参加活动，我因此认识了不少文化界人士。《浙江潮》编辑翟议、十三种报刊联合资料室主任杜麦青、《刀与笔》主编万湜思（姚思铨）等叔叔，都把我当小弟弟看待，我也就成了他们工作室里的常客。

这些文化界人士，有的也常到我家东厢房找汤叔叔叙谈。他们开会时，就叫我坐到大门外去望风，关照我看到形迹可疑的人来时，就干咳几声。有时，汤叔叔会叫我到新知书店、生活书店、《浙江潮》杂志社去送个信或取本书。

汤叔叔叫我送信最多的一个地方，就是金华城东鼓楼里谯楼巷九号。那里住着一位钱叔叔，是金华人。钱家在金华这个小城算得上富户，乡下有很多田，城里有一座带花园的西式洋楼。通过多次接触，我慢慢了解到钱叔叔有位哥哥在上海当中学校长，他之前在哥哥处接触了一位进步青年，后来结伴去延安，进了陕北公学，毕业后就跟汤叔叔一起来金华从事地下工作。

有一次，我好奇地问汤叔叔："你们经常开会讨论些什么呀？"

"嘀，小鬼头也问起大人的事来啦！"

"我还小啊？我当过老师，教过二十几岁的学生呢，别小看人。"

"了不起，了不起！"汤叔叔笑着说。

"那就告诉我，你们常开会讨论些什么？"

"抗日救亡的国家大事。"

"能让我也听听吗？"

"好，下次一定带你去。"

此后，他真的常带我参加一些报告会、座谈会、歌咏会、街头剧演出。我还能清晰地回忆起，有一次在县文庙后一览亭听从战地归来的邵荃麟做报告。

有一次，钱叔叔突然问我："日本鬼子侵略我们中国，该怎么办？"

"把他们赶出中国去！"

"对，靠谁呢？"

我一时答不上来。他就接着说："要把全中国人民组织起来。上次你问汤叔叔他们经常开会干什么，就是要组织一支打鬼子的救亡队伍。这支队伍叫中华民族解放先锋队①，你愿参加吗？"

我连忙说："愿意，愿意。"

过了不久，汤叔叔带我到谯楼巷钱叔叔家里，钱叔叔递给我一份参加"民先"的志愿书，一份"民先"队员登记表，叫我填好，"介绍人"一栏里，就由汤叔叔、钱叔叔签上了他俩的名字。接着在钱家一间挂着一面红旗的房内，我举起右手，举行了庄严的入队宣誓仪式。

当时，中华民族解放先锋队虽然是个半公开的组织，事实上活动已转入地下。所以宣誓完毕，钱叔叔就擦亮一根火柴，当场把我的入队志愿书和登记表烧掉了。

---

① 抗日战争时期，中国共产党领导建立的青年抗日救国组织。

从此，我成了一个年轻的"民先"队员。因为住在我家的汤叔叔当时就是中共金华特委领导的"民先"的总负责人，我家成了一个"民先"的机关，而我则成了"民先"机关的小交通员。

《童年》，黑龙江少年儿童出版社1991年1月出版

我的大学

在生活的道路上，我在追求一种信念：即使在最痛苦的时候，也要不断地寻觅着美的因素。

大学，是个多美的名词，也是我向往的一个去处。早在读初二时，我便做过大学梦。那时在《译报》上看到延安抗大①的招生广告，里面明确说明没有学历限制，激起了我无限向往之情，然而终因各种条件制约，希望成了泡影。

大学梦始终激励着我：一定要跨进大学的门。

1942年金华沦陷前夕，听说东南联大②在福建建阳成立，我便不顾一切朝着它奔去……

---

① 中国人民抗日军事政治大学的简称，是中国共产党在抗日战争时期创办的培养军政干部的最高学府。

② 国民党政府组建的国立东南联合大学。

在建阳

1942年春，我转学至常山临中①不到三个月，日寇发动浙赣之役。就在金华即将陷落的前夕，我赶回金华筹集旅费去报考东南联大，谁知金华已处于一片慌乱之中，母亲已带我的姊弟们逃到乡下避难去了。形势那么紧急，我也无暇去寻找他们，于是又空着两手徒步赶回常山。回到临中，学校也是一片混乱的景象，大家都廉价出售身边的衣物。我也把能卖的卖掉，能寄存的寄存在附近农家，该扔的就扔掉，之后和四五个同学向闽北山城建阳进发。

在兵荒马乱的年头，交通工具成了奢侈品，只得背着一个简单的行囊徒步而行。白天经常有日本鬼子的飞机在上空盘旋，不时会扔下一枚枚炸弹或一袋袋细菌，或低空掠过向行人扫射。为了安全，我们只得改变策略，日出而息，日落而行。六月初，我们冒着暑气从常山出发，途经玉山、上饶、广丰、浦城、水吉，路上历尽艰险，有冰雹突然袭击，野兽呼啸着从身边而过，被土匪用枪口顶着要买路钱，缺水少饭陷入饥饿的困境……真是祸不单行，我的左脚在路上碰破了一个创口，也许是感染了日本鬼子从飞机里掷下的细菌（那时浙赣闽一带多少人都被细菌感染而烂脚，变成残废甚至丧失生命），创口处开始腐烂，未到建阳已烂成一个大洞。我身无分文，又在逃难途中，无法求医，只得一拐一拐地走，甚至能看到创口里有蛆虫在蠕动，后来严重到可以看到血淋淋的脚骨了。在困境中，我没有丢失理智，还是在理想的鼓舞下走着人生的泥泞小道。

---

① 指浙江省立临时中学第三部。

在困顿、坎坷中走了整整一个月，我们才到了建阳。这时真的一无所有了，就连我身上穿的一条长裤，也由于途中常常席地而坐，屁股上已磨损出一个大洞。饥饿像幽灵似的追随着我，我又放不下读书人的面子去求乞。其实那时大多数人都穷得滴滴点①，沿街求乞也不见得有人会施舍的。

进建阳城第一天，我们找到收容流亡学生的城北小学，被安排在礼堂休息。我实在太困了，躺在地上便睡着了。睡神战胜了饥饿的幽灵，让我忘却了饥饿。

第二天醒来，我饥肠辘辘，到哪里去找吃的呢？我翻遍衣裤的口袋，意外地在裤子的表袋里翻出了一角纸币，赶忙赶到街上花了四分钱买了大饼、油条解饥。等到近午，饥饿的幽灵又袭来，虽然身边还有六分钱，但我心想这是命根子呀，无论如何也不能随便花掉了。与饥饿的幽灵搏斗到下午，我又饿又渴，实在挺不住，只得到附近一家茶店，花了二分钱泡上一壶茶，用劣质茶叶冲泡的茶水抵御饥饿的侵袭，让饿瘪了的肚皮用茶水给撑起来。就这样，我一直坐到茶店老板要打烊了，才拖着乏力的双腿回收容所。第三天我如法炮制，靠着剩下的四分钱泡在茶店里，以茶代饭，度过我生命中最穷愁潦倒的日子。幸好第四天收容所正式运转，我每天能分到三张粥票，可以到施粥站领一盆粥苟延残喘。

这样的日子一直延续到九月中旬，我考取了东南联大先修班，才算告别了噩梦般的日子。经过在先修班一年的复习，我总算顺利地考取了暨南大学文学院，便一头沉醉于诗的王国中，留下了一鳞半爪的痕迹：

---

① 方言，形容很穷。

蒋风也是暨南大学的青年诗人，此时大多写咏物诗，表达自己的理想或诗的哲理。像《红叶》："早晨跑遍秋的山头／摘回一片枫叶／陪伴我，缀在案头／她以鲜艳的红唇／向窗外蓝天／吹送战斗之歌。"《桥》："有了你的启示／人们得着智慧了／你担负起自身的苦难／引人走向幸福的彼岸。"这类咏物小诗，短小隽永，意象美好，不失为表情达意的理想载体。（摘自《战时东南文艺史稿》，上海文艺出版社1994年出版。）

诗神让我忘了饥饿，忘了疲困，忘了颠沛流离的苦难……

在云和

正当诗成了我心灵的一部分，让我忘了一切的时候，现实的巨掌又给了我一记猛击，使我不得不回到现实的苦难中来。当时文科学生的公费名额很少，只占百分之十，我没有入围这百分之十。作为一名流亡学生，孤身在举目无亲的闽北山城，又与沦陷了的家乡的亲人失去一切联系，得不到公费又如何能在建阳待下去呢？

天无绝人之路。正当我因失学、饥饿、过冬御寒等一系列即将到来的困难而苦恼焦虑时，幸好英士大学由浙江省立大学改为国立大学，到建阳来招生。看到那里农学院的公费名额比较多，占入学学生的百分之八十，我为了同时解决饥饿、过冬、上学这一连串问题，放弃了自己对文学的爱好，毅然报考了农学院，而且不久就收到了被录取的喜讯。

带着一身颠沛流离的风尘，带着一颗不折不挠的心，我从荒凉的闽北山城，回到了山清水秀的故乡。

我在自己的日记本上写下两句话：

没有气馁，也没有叹息；
没有哀怨，也没有伤感。

当时英士大学设在浙江省云和县小顺镇。我来到这个世外桃源一般的小镇，忘了连天的烽火，忘了弥漫的硝烟。我们一群年轻人，为了学会报效祖国的本领，相聚在这个具有山乡风味的小镇，弦歌不辍。

学校借用了云和铁工厂的一个大车间当宿舍，放了三百多张高低铺，就成了我们七百多名同学共卧的大寝室。学生们一天喝两顿稀饭，身穿缀满补丁的旧衣服，脚踏快要磨穿鞋底的草鞋，物质上的艰苦可以想见。但毕竟是充满青春活力的年轻人，日子还是过得充满朝气。

为了给生活增添点乐趣，有时我们还要跟来催我们起床的军训教官开个玩笑，跟他来个藏猫猫——他刚把这边的同学叫起床，那边的又躺下了；等他赶过去拉起那边的，这边的又翻身躺下了。他常常被弄得狼狈不堪，哭笑不得。我们一颗颗年轻的心，却敞开了怀，笑个不停。

在心情平静的日子里，我喜欢沿着镇前的小溪漫步，但笔下流淌出来的还是苦涩伤感："让艳阳照亮青春／让霉雨葬送年华／年轻的心境有如死水／不会有些微的感应／无心再听远地歌唱／任凭莺飞草长／只见窗外江南浅草／有杜鹃哭遍山野。"（《四月小唱》）

有时找个树荫坐下，摊开普希金的诗集，或是巴尔扎克的《人间喜剧》，沉醉在作家笔下描绘的梦境里，也会暂时忘了让人窒息的空气，让自己的心灵浮现出一串串梦的闪烁。

那时，我特别喜欢契诃夫，不但读他的小说和剧本，连他的文集和手记，我也读了又读。尤其是《契诃夫手记》，为我学习写作带来很多有益的启示。直到60年代，我在大学里教写作时，还把这本手记当作教材介绍给我的学生。后来我的学生竹潜民在宁波高专①教写作时又以它为教材，引出一连串故事。这是后话了，这一连串趣事无法在这里延伸开来，只好打住。

青春是美丽的，云和的一年生活，今天回忆起来，多美呀！

在泰顺

随着敌骑的入侵，云和又处在动荡中，小顺也不再是世外桃源了。英士大学被迫南迁至浙南崇山峻岭之中的泰顺，农、医、法、艺、工各院系分驻司前、里光、百丈口三地。

1944年暑假，我曾冒着生命危险，偷偷地溜回金华城，探望身陷敌区的家人，但很快被敌人的鹰犬发觉，于是慌忙又辗转经金义浦兰游击区逃了出来，回到泰顺司前的学校。

在那被绿色群山环绕的山村，生活过得寂寞单调，常常是阴暗的天、蒙蒙的雨。心境更是如此。

有时，我也感到怨恨：暴敌占据了我的家，使我有家归不得；日寇还烧毁我的家，给了我诉说不尽的苦难、痛苦……

这一年的生活真是太苦了，整整一年只吃三样菜：春天吃毛笋，早点是盐巴煮毛笋，中餐还是毛笋，晚餐也是毛笋，连油花也难得见到一两朵；吃到夏天，毛笋都已长成毛竹，啃不动了，就吃番芋丝，三餐一个样；番芋丝吃到秋末芥菜上市，于是又变成早餐吃芥菜，中餐吃芥

---

① 指宁波高等专科学校，创建于1983年，后升格为宁波工程学院。

菜，晚餐还是芥菜。吃到后来，本就因灯光微弱而近视加深的双眼，又因缺乏营养患了夜盲症，一到太阳快下山时，眼前就一片模糊，什么也看不清了。

有时，我感到悲愤：生活对待我太残酷了，欺骗了我的心，蹂躏了我的身，它竟没有一丝怜悯，也没有一丝愧疚。

我生活在寂寞里，我生活在痛苦中。我只得在诗的王国里寻找慰藉。

诗中有一片属于自己的蔚蓝的天。

司前村边有一座古朴典雅的石拱桥，我常漫步桥上，写下了《回澜桥上》："看桥下流水瞅着你／掠过笑影而去／百转千回都不要／你说一句话语／俯视流过去百丈／回头忘了问她／你去了回不回来／再远望那边／流水流着嬉笑／流去那岸边一树桃花。"

我在诗的王国里寻找快乐、希望。

在村边山坡上，我席地而坐，写下了《期待》："在严寒中煎熬的土地啊／没有了生命的绿色／没有了含苞的花朵／也没有了生机／可要让小苗孕育／在温暖的怀里呀／来春，我要用生命之泉／哺育小花苗苗壮成长。"

在艰难的岁月里，我从诗神那里乞求火种，点燃了我的心，照亮了前进的路。

诗给了我快乐，诗给了我力量。

于是，我正视着前途的艰辛。我开始用诅咒送走昨天，用抗争对待今天，用欢呼胜利迎接明天。

在温州

走过了八年屈辱的道路，走过了八年兵荒马乱的岁月，终于迎来了抗日战争的胜利。

这时英士大学迁往温州。

我在衢州父亲处过完暑假，准备乘船回学校，在清澈见底的衢江上，听到了庆祝日本鬼子无条件投降的鞭炮声，打破了黄昏的寂静。

胜利了！希望在我内心燃烧。我带着一颗燃烧的心来到了浙南最繁荣的城市。

胜利了，生活却仍然过得那么艰难困苦，失望与焦虑在年轻人心里交织。

整个社会经济，经过八年战争的煎熬，已呈现出"贫血"现象。除去少数有钱有势者，一般中下层的人都遇到了一个同样的难题：吃饭难，每天三餐能糊口已是十分不容易的事。

1946年春节过后不久，物价已像一匹脱缰的野马，跳跃式飞跑，连头也不回。老百姓的颈，给物价的链索紧紧地勒住，透不出一口气来。生活比战争期间过得更苦了。

米价的飞涨更给人们脸上抹上了一层浓重的阴影，从每千元十八九斤，一直涨到每千元只能买八九斤，即使如此，商人们仍把米囤着，待价而沽，推说无米应市。到2月20日那天，每千元仅能买七斤米了，全城仍有钱也买不到一斤米。此种情形激起了公愤，饿慌了的人们便冲进米厂米店，找出存粮，于是箩箩、畚斗与谷米齐飞，一时全城大乱……

那些日子，常有"打米店"的破锣声响起，时时震撼着我们这些年轻的大学生的心。

于是，我便拿起笔写了一篇《温州也打米店》投寄给上海《文汇报》，很快便在3月10日刊出。文后还登了报社编辑的代邮："蒋风先生，大作甚佳，以后尚希源源赐稿为盼。"我便接二连三地写了《生活悲剧在温州，白米与畚斗齐飞》《春荒三月话温州》《浙南的高利贷》等长篇通讯，这成了我日后记者生涯的伏笔。

生活教会了我们思考。

英大学生的民主意识在生活的启迪下日益提升。

我们质疑：国家给我们的公费为什么会不够填饱肚子？结果发现在校长庇护下有一帮"硕鼠"。于是在温州华大利饭店（英士大学租用这里作为学生宿舍），我们把掌权的校长找来面对面地质询，把憎恶的唾沫吐在"尊贵"的大学校长脸上。

在西郊农学院的膳厅里，大学生们集会，响起了声援昆明"一二·一"运动的掌声。

在公园路法学院的宿舍里，大学生们自发地成立了一个民主学社，唱起了要民主的歌。

爱好文艺的大学生们聚集在一起，成立了远方文艺社，用笔、用文艺的形式声援一切正义的事业。

还有在"抢米店"的风潮中遭到当权者镇压的苦难人，也常常来到我们的面前，要求我们伸张正义……

在那冷酷而寂寞的环境中，我们还是倔强地生活、学习、战斗，忘了个人的得失，忘了一己的哀痛。面对那丑恶的现实，个人的命运又算得了什么？

在金华

"二战"胜利后，国民党政府曾掀起一个关于复员①的大讨论。英士大学也举办了一次征文活动，主题是"英大复员的设想和计划"。我从浙江高等学校的布局、英大本身的历史和条件、英大今后发展的需要和可能以及金华的地理人文基础等方面写了一篇论文，竭力主张英大复员后应定址金华。

意想不到的是，英士大学真的选中金华作为永久校址。

1946年秋天，英大迁到了我的家乡。我带着一颗兴奋激动的心，也带着青年人特有的多彩幻想回来了。

生活还是充满了斗争。

那是一个苦闷的年代，我在这首拙劣的诗里留下痕迹："有嘴不能说话／做了哑巴／有眼不能看／自己爱看的书／生活在这样一个年代／做瞎子哑巴的／也难过日子呀／因为／米涨，柴贵／所有的物资，都上了火线／变成枪弹／大伙儿／挨冻／挨饿／有什么办法／大伙儿在想望／一个明天／一个阳光泛滥的春天。"

其实，苦闷是真实的，想望是自己骗自己而已。

我们在这里发动了反美抗暴大游行，抗议美国大兵污辱我国女大学生的兽行；我们也在这里发动过声势浩大的迁校活动；我们还在这里响应了"反饥饿、反内战、反迫害"运动。从这里出发，我们在杭州城站卧轨请愿，在笕桥用嘘声赶走了国民党政府教育部次长大人，在南京融入解放战争的第二条战线，在总统府门前的高墙上涂上要民主的大标

---

① 指武装力量和一切经济、政治、文化等部门从战时状态转入和平状态。

语，走上街头参加了具有历史意义的大游行……

这一切，谱写了一曲壮丽的青春之歌。

在金华，我走完了人生最美丽的大学历程，上了"黑名单"，在特务的追捕中戴上学士帽走出学校大门。

在金华市档案馆还可以找出那份"黑名单"，在"蒋风"名下的备注栏里写着："高个儿，戴深度近视眼镜。"

在浙江省档案馆还保存着四份为我一个人下的绝密电：一份给国民党浙江省政府主席沈鸿烈，一份给警保处长竺鸣涛，一份给金华县长杨振，一份给军统内部第五科。

但是，我没有被吓倒，也没有向困难屈服，仍然气昂昂地抬着头，坚强地拿着笔，为黎明唱着赞歌。

《我的大学》，黑龙江少年儿童出版社1999年1月出版

在人间

人间，是酸甜苦辣兼备的大筵席；

人间，是喜怒哀乐杂陈的大舞台；

人间，是柴米油盐酱醋茶的苦乐俱全的天地；

人间，是赤橙黄绿青蓝紫的七彩斑斓的世界。

跨出我的大学校门，我便走进这多音多色的人间……

新闻记者生涯

走出大学校门，首先要解决生计问题。本来我的小学老师邀请我去台州师范学校任教，正好此时宋无畏同学因学潮被学校开除且受到特务威胁，急需找个职业掩护，我便让他到台州师范学校去顶替我的教职。

但贫困的家境不允许我赋闲在家，一时又找不到别的职业，我便依靠笔耕换取稿费生活。当时报刊需要大量新闻报道，我与沪上报刊又因温州"打米店"风潮建立了一些联系，我便干起了新闻通讯员的工作，间或为副刊写点稿件。我用真情和耐心从纷纭的社会和多彩的人生中寻找着可以写作的素材，写下了一连串的长篇通讯：《挣扎在死亡线上的金兰农民》《浙东农村高利贷内幕》《浙南天地间》《拥塞了的浙赣铁路》《兴修金武轻便铁道》《氟石的王国》《金华斗牛风炽》《金华市一年间》《浙东桐油亟待复兴》《农业推广在金华》《闲话兰溪蜜枣》《兰江上的茭白船》《义乌红糖墨守陈法》《芳草夕阳大学城》……功夫不负苦心人，我的勤奋让我得到《申报》主笔的赏识，很快我就被聘为《申报》驻金华记者，每月底薪25元，按生活指数发给，另外按发表的稿件字数再发稿费。这点微薄的薪给[1]已够我个人起码的生活必需开支，这份工作也圆了我第一个梦。

记得小时候，有人问我长大干什么，我的回答是：第一，当记者；第二，当作家；第三，当教授。当我拿到《申报》的聘书时，确实也因为实现了少年时代就追寻的第一个梦想而高兴了一阵子。

到了1948年，国民党政府已腐败不堪，战乱频仍，"民国万税"[2]，通货膨胀，民不聊生。广大老百姓处于水深火热之中，不断进行反腐、反暴、抗丁[3]、抗税的斗争，甚至揭竿而起，这些在浙江农村也不算新鲜事。作为有良心的记者，不能视而不见。我处处留心，深入四乡每个角落，越深入越能看到人民大众的苦难。但对这些情况的报道，当时国统区的报刊是不会发表，也不敢发表的。强烈的正义感又鞭策我必须写出来，于是我便把这些稿件投寄给当年由范长江领导的国际新闻社。因此，我又被香港国新社聘为驻浙特约记者。

为了解决生活问题，我还兼任了《浙中日报》采访主任。这是由金华知识分子筹建的一份民间报纸，倾向进步。我也利用这一舆论阵地，

---

① 工作的酬劳。

② 民国时期，人民饱受各种苛捐杂税的剥削，于是讽刺这是"民国万税，天下太贫"。

③ 民众抗拒统治者抓壮丁。

采写了一些能反映百姓群众心声的新闻，还常常从外地报刊上搜集一些较精彩的内容，或转载，或改写，以提供给读者更多的信息。1948年秋，我从香港《华商报》上剪下一篇《苏北行脚》，这篇文章以长篇报道的形式介绍了苏北解放区的情况，我将它发表在《浙中日报》上。这下闯了一个大祸，这篇报道当天就引起了当地政府的关注，当局传讯了报社领导，并且说要追查、要抓人，搞得编辑部人心惶惶、风声鹤唳，我们几个主要人员不得不逃出去暂避风头，由社长出面斡旋。最后浙西师管区接管了这份民营报纸，将其与《浙西周报》合并，改名《浙西日报》。我也乘机悄然离去，不再过问了。

此后，我当过文化馆职员，搞过群众文化工作、戏曲改革工作、图书流动工作；也当过教师，教过中学、中专、师范大学。尽管职业变了，但我一直为浙江等地报刊撰写新闻报道，这为我以后从事文学工作磨炼了语言功力。后来我写过诗歌、散文、小说，1960年中国作家协会浙江分会成立，我被选为常务理事，1980年被批准成为中国作协会员，实现了我少年时代的第二个梦。

1956年，我从中学调到大学任教，但由于职称评聘长期冻结，直到1979年我才评上副教授，圆了我少年时代的第三个梦。等评上教授，我已近花甲之年。感慨虽多，但我少年时代的三个梦想都已实现，夫复何言！

创建中国第一个儿童文学研究所

一棵小草，也许永远成不了参天的大树，但它可以使自己成为一点新绿，美化人间。

一滴水珠，也许永远不能像江河那样汹涌澎湃，但它可以使自己保持晶莹、纯洁，装点大地。

我认为自己也像小草那样平凡，像水珠那样渺小，但我要让自己年年萌发新绿，让自己保持晶莹、纯洁。我要为世界增添点什么，我要不断创新，做一点超越自己能力的工作。

1978年秋天，我从庐山出席首届全国少年儿童读物出版工作座谈会归来，带着会议的号召，一连向学校领导打了七次报告，口头反映无数次，终于获得领导的同意，首先在我工作的浙江师范学院①恢复开设儿童文学课。我编撰了新中国第一本较系统的《儿童文学概论》，在课外开设全校性的儿童文学兴趣小组，培养了今天卓有声誉的一批作家，如谢华、何蔚萍、王铨美等，更全力创建了中国第一个儿童文学研究机构，同时招收儿童文学研究生，成为中国第一个儿童文学硕士研究生的指导教师。

刚开始建立儿童文学研究室②时，我就是一个光杆司令，一个人要做所有工作，其中的艰难不是三言两语所能尽述的。在极度困难的条件下，研究所（室）招收了10届硕士研究生，为国家培养了一批儿童文学研究人才，如吴其南、王泉根、汤锐、方卫平、赵志英、潘延、韩进等。他们活跃在儿童文学领域，取得的成就获得国内外同行的瞩目，日本的一家学术刊物就做过这样的评价："在蒋风教授的指导下努力研究的年轻人员，已经成为中国儿童文学的中坚力量。……这些年轻人，生活在新的时代下，吸取新的知识，不被旧的儿童文学理论束缚，他们的研究水平是较高的，甚至可以说超过了前辈。"确实如此，我从不限制

---

① 今浙江师范大学，简称"浙江师大"。
② 后变更为研究所。

研究生只能在既有的理论框架内探索，而是鼓励他们要"青出于蓝而胜于蓝"。

从招收第一位研究生至今，我都鼓励他们在校时就要拿出研究成果来，因此全部研究生在校期间就都发表了论文，或出版了专著。例如王泉根在校期间就编写出版了《周作人与儿童文学》；他的硕士论文《现代儿童文学的先驱》一发表，就被上海文艺出版社看中，列入"中国现代文学研究丛书"出版；之后他又出版了一系列专著，被他任教的西南师大①破格从讲师直升为教授，成为我国文科最年轻的教授之一。他的学弟方卫平后来居上，在校期间就发表了一系列论文，出版了《流浪与梦寻：方卫平儿童文学文论》《中国儿童文学理论批评史》《儿童文学接受之维》《儿童文学的当代思考》等专著，也被他任教的浙江师大破格从讲师提为教授，成为我国更年轻的文科教授。

僻处浙江中西部丘陵地带的浙江师大，今天在海内外都有一定的知名度，也许就是因为有儿童文学研究所这滴水珠在闪烁，有儿童文学研究所这棵小草在萌发新绿吧！

四年大学校长的滋味

蒲公英即使在最贫瘠的土地上也能生根、发芽。它默默地开花，从不炫耀自己。

这是我80年代为一份儿童报刊的题词，其实也是我的座右铭。

---

① 西南师范大学，今西南大学。

1984年初春的一个上午，学校突然通知我去开会，说是省里任命我当浙江师范学院（简称"浙江师院"）校长。这消息确实令我感到有点惊慌失措。我在校时连系主任也未担任过，突然把这样一所大学交给我来领导，我实在感到有点力不从心。当晚我便赶到杭州，向省委有关领导请辞，反复申述我不适合担任这个职务的理由。纠缠了近一天，仍无结果，省委接待的领导说："大学校长的任命要经过省委慎重的研究，不是某一位领导随意安排的。"我苦苦恳求也不起作用，回来后只得豁出去干一番事业了。我便放弃了自己的爱好，停下正在写的著作，思虑再三后提出了"办好浙江师院的十条设想"，供领导班子参考，同时希望全校师生员工同舟共济。

　　当时的浙江师院是个科系不全的微型学院，1965年从杭州迁金华时，把大部分科系并到杭州大学去了，仅迁过来三个系，到1984年我接任校长时也仅五六个系；而且浙江师院僻处浙江中西部的丘陵地带，离金华市区还有十里地，前不着村，后不着店，不仅教学科研基础薄弱，连生活也很不方便。因此教职员工人心动荡，都想远走高飞，投奔大城市——那时在改革开放的大气候下，百业并进，急需人才，只要你有个中级以上的职称，任何城市都会有单位伸出欢迎的手。可是省政府能投入的用来改善学校办学条件的钱又太少，在这样一个千疮百孔的局面下，要当好这个大学校长，实在太难了。

　　我上任做的第一件大事便是改变学校面貌，安定教工情绪。一是向上争取经费，在学校兴建教工宿舍，在生活区建立商业网点；二是争取外援，把已初步到位的世界银行贷款用于建设理化测试和计算机中心，为浙江师院的理科发展创造一个良好的条件；三是经我多方努力，争取到邵逸夫先生一千万港元的捐款，决定建一所万余平方米的图书馆，并说服领导班子从有限的拨款中挤出一部分，先买一套海外版的《四库全书》，为浙江师院文科发展奠定一个物质基础。

为了使全校教工感到有奔头，我提出了"唯实"的校训，希望大家脚踏实地，共同建设一个美好的大学。我上任初就积极扩建新专业、新科系，申请改学院为大学。经过多方努力，在我当校长的第二年初，浙江师范学院便被批准改名为浙江师范大学。经过全校师生员工的辛勤拼搏，一个一穷二白、科系不全的微型小学院，终于建设成了一个科系齐全的省属重点师范大学，一举扭转了人心思走的动荡局面。

这里还有一个小插曲。我当校长不久，突然接到德国汉堡大学（这是欧洲一所著名学府）的来信，说他们拟在这年夏天派30名留学生到我校来学习中国的语言和文化。接信后，我校领导班子里的多数人认为肯定是对方搞错了，大概是要与杭州大学联系的，因为杭州大学的前身也是浙江师范学院。我说对方没有搞错，信封上不仅写明浙江金华，而且写有高村。接下来便是一场"有没有条件收这批留学生"的大辩论，因为金华的夏天气温常常高达38℃，那时我校连一台空调也没有，这些洋学生会受不了的。有人说与其让这些洋学生怨声载道，不如婉言谢绝。但我竭力主张克服一切困难接收他们，因为这是提高浙江师院知名度、使学校更上一个台阶的极好机遇，也可以为师院升格为大学铺平道路。

说服了大家后，我就想尽一切办法准备接收这批汉堡大学的学生。我与市领导商量，预约包下北山双龙宾馆的全部床位，北山是避暑的胜地，可以安排留学生在这里上课。最大的难题，在于当时的金华还不是开放城市，接待"外国佬"得得到上级批准。于是又层层上报，等申报下来，离汉堡大学留学生来金华的预定日期已不到一周了，连签订协议的时间也没有了，更不要说其他必需的准备了。最后我不得不致电汉堡大学婉拒，就这样，接待这批稀客的机遇失去了。有人埋怨这是劳民伤财，空忙一场，我却不这样看。劳力并非白花：既然上级可以同意我们接收外国留学生，当然也就可以接收外籍教师。因此当年我便为外语系从美国聘请了一位教师，这是浙江师院有史以来的第一名外籍教师。后来我校还与美国贝尼诗学院建立了交换教师任教的协作关系。

任大学校长的四年中，我遍尝了酸甜苦辣。有记者采访问及此中滋味，我回答："办好师大，是全校师生的共同愿望，也是我的心愿。我最初提出的十条设想基本实现，但事业还在发展，例如建立对外文化中心、招收外国留学生等计划，虽已做了一些准备工作，要想实现还得努力，我将协助新校长使之付诸实施。对于个人来说，我所期望的不是别的，而是能全力以赴地献身于一种美好的事业。正如在一只赛艇上，掌舵的固然重要，划桨的也绝不可缺。我想自己今后会当好一名划手的。卸下校长的担子，我回到儿童文学的专业岗位上，正计划把儿童文学研究室扩建成研究所。我当倾自己毕生精力，为浙江师大办出特色做出贡献。"

我确实相信自己是一棵蒲公英。

我还要发挥余热

我认为，人只要活着，每小时，甚至每分钟，都不该成为空白，白白地浪费掉。我也知道，年岁不饶人，毕竟我已过古稀之年。但我仍在追求生命的燃烧，即使烧不成熊熊烈火，也应奉献燃烧之后的余热。

1994年，按规定，我办了离休手续，从工作岗位上退了下来。彼时内心是痛苦的。这痛苦不是因为失落了什么，而是因为不得不离开工作岗位。我的身体还很健朗，思维也很清晰，我还能工作，为什么不让我工作呢？我认为这是一种年龄歧视。

痛苦是痛苦，现实还是现实。要从内心的痛苦中解脱，唯一的办法，就是自己为自己创造一个工作机会。我确信自己是一颗蒲公英的种子，在任何贫瘠的土地上都能发芽开花。于是，我在一位权力者的支持下，又单枪匹马创办了一个民办的中国儿童文学研究中心，凭着一腔热情，主要做了以下三项工作：

一、在中国筹建一个儿童文学馆；

二、创办《儿童文学信息》报；

三、免费招收非学历儿童文学研究生。

关于筹建儿童文学馆的事，我已写过《我还有一个未圆的梦》一文，这里不再赘述。

在儿童文学仍不被社会重视的今天，从事儿童文学相关工作的同行们普遍觉得应该有一个信息交流的平台。于是我于1995年创办了一份《儿童文学信息》报，每期印2800份——这就得花去我一个月离休工资。它既无固定的订户，也不能刊登广告，全部免费分赠给海内外同好。后来我实在无力继续负担，报纸难以为继，幸亏有关单位伸出援助之手，解决了部分印刷费的问题。但是，报纸从组稿、编辑、发排、校对、打清样、送印，一直到一份份封进信封、贴上邮票、投入邮箱，全赖我这老人操劳，有时实在感到劳累，尤其又年老眼花，所以校对时也拉上老伴来帮忙。如今邮资上涨，两三千份报纸又得花我近一个月的离休工资。即使这样艰难，报纸也已出了12期，而且我仍乐此不疲。

当然，我认为最有意义的工作要算招收非学历儿童文学研究生了。我在浙江师院工作时，是全校第一个招收研究生的教师，也是全国第一个招收儿童文学硕士研究生的导师，先后招了10届。当年招研究生有种种规定，往往因学历、国籍、年龄、外语成绩、政治成绩等因素的制约，理想的学生招不进来，招进来的学生又不甚令人满意。如今既是非学历的，就突破一切框框的制约，只要有志于儿童文学的学习和研究，任何人都可报考，而且免收学杂费，向每一位热爱儿童文学事业者敞开大门。这样一来，我招收的三届学生，身份、年龄悬殊。有比我年龄更大的年过古稀的老翁，如抚顺市中山业余学校教师姚云鹏同志，今年已七十有五了，学习十分认真刻苦，每次都千里迢迢赶来参加面授，按时完成作业、论文，去年终于完成论文答辩，领到大红的结业证书；第二届中广州的曹盛苏同志，他比姚云鹏还大两岁，也很认真地完成作业、论文，将于今夏结业。有早已取得硕士学位、在沈阳师院[①]任教的大学教授马力先生，以及香港大学的高级讲师。更多的是年轻人，来自祖国大江南北，远至港台；还有马来西亚的华裔子弟。开始，我也担心：学员水平参差不齐，能否接受这种开放式的教学？能否收到一定的效果？对此我心中也没数。但三年来的实践，打消了我的疑虑。马力在第一届学员结业典礼上说："这是中国儿童文学领域的一个壮举，是中国当代教育史上的一个奇迹。它对中国儿童文学事业与中国教育事业所做出的特殊贡献将永载史册。"这番话是代表所有学员说的，对我来说，无疑是重大的鼓励，也是极大的鞭策。

我想，我没有让自己某一段生命变成空白，活着就该追求生命的燃烧，即便发挥一点点余热也好。

《在人间》，黑龙江少年儿童出版社1999年1月出版

---

① 沈阳师范学院，今沈阳师范大学。

生活及其他——读书札记

生活

人生在世，生活确实是个巨大又严肃的课题。读车尔尼雪夫斯基的《艺术与现实的关系》很受启发。他说："对于人，什么是最可爱的呢？生活。因为我们的一切欢乐，我们的一切幸福，我们的一切希望，只与生活关联。"

活着就要热爱生活。但是"民以食为天"，活着首先得有面包。我们都知道，别人的面包是无法填饱自己的肚子的。要是吃了别人的面包，就得唱别人的歌。

因此，哪怕自己只有半片面包，也好过一无所有。道理很简单，飞在天空的老鹰，不如手中的麻雀。

人活在世上，填饱肚子还只是最单纯的一件事。

生活是一本难念的经。

杨朔在他的《海市》"后记"中说："作为一个人，要是未经过人世上的悲欢离合，不跟生活打过交手仗，就不可能真正懂得人生的意义。"

生活确实是一本难念的经。

普希金有一首著名的诗篇《假如生活欺骗了你》，也许能给你一些启迪："假如生活欺骗了你，不要忧伤，不要愤慨，不顺心的时候，暂且容忍；相信吧，快乐的日子就会到来。"

欢乐

我们相信：欢乐的日子就会到来。

伏契克在《绞刑架下的报告》中写道："我们为了欢乐而生，为了欢乐而战斗，为了欢乐而死。因此，永远不要让悲哀同我们的名字联系在一起。"

壮士在绞刑架下发出的誓言尚且如此坚定，我们没有理由不坚决地追求生活中的欢乐。

人活在这个世界上就该做个快乐的人。

当然，有欢乐，也有恐惧。

当然，有胜利，也有牺牲。

"人有悲欢离合，月有阴晴圆缺。"人在世间，也难免遇到一些不愉快的挫折。

请记住，在使人哭泣的环境中，应该有一个坚强的灵魂，用欢乐的笑脸去面对。

幸福

欢乐是幸福的象征。

列夫·托尔斯泰在他的《一个地主的早晨》中写道："只有爱，

只有牺牲，才是唯一真实的、不为客观情况所左右的幸福。"他还说："使别人幸福，比使自己幸福更不容易。"

爱是人类最纯洁、最伟大的情感。当爱的感情发挥到极致的时候，必然跟随着牺牲。真正懂得幸福的人，他一定会把欢乐与人共享。只要我们周围的一切都在忍受和制造苦难，我们就不可能有幸福。

谁懂得爱，谁就幸福；

谁敢于牺牲，谁就幸福；

谁能与人分享，谁就幸福；

谁爱心常在、笑口常开，谁就是天下最幸福的人。

世上没有救世主，幸福要靠自己创造。

乞求从来没有幸福可言。

世上最不幸的那个人，就是那个只想恩赐而不去争取的人。

幸福永远在人们不懈的奋斗之中。

希望

每一个明天都是希望。

希望是美丽的憧憬，明天的召唤。

希望能抵制烦恼，抗拒厄运。

希望会使人变得年轻，促人进步。

希望是清醒人的梦，美化生活的一切。

有希望，就使人感到更实在。

"强烈的希望，相比任何一种单纯可能实现的幸福，对生命而言，都是更有力的刺激物。"我读了德国尼采的《上帝之死》中的这段话之后，坚定地相信：希望就是人类最伟大的鼓舞力量。

它像太阳一样，当我们向它走去时，它就会把我们负重的影子抛在我们身后。

有希望，我们就会生活得快乐。

有欢乐的生活，我们会感到幸福。

我们热爱生活，在任何情况下，希望都是不可或缺的，如果没有它的支持，我们就无力抗拒贫困、疾病、战争、死亡等灾难的袭击。

请珍惜啊！每一粒种子都是希望。把它深藏在自己的心中，春天来了，它就会开花结果的。

"染尘斋"絮语

提到书斋，得从书谈起。我一生爱书如命，是个十足的书迷。所以，我喜欢买书，现已算得上藏书万册的"富翁"了。我渴望有一间光洁明亮的书斋。这大概是许多中国知识分子共同的向往。在当前我国城市住房较挤的条件下，要安排出一间书斋来，可不是一件易事。

我家祖上遗下三间平房，到我这一代，为我三兄弟所共有。原本一人一间，但我一个弟弟在外地工作，他那一间归我使用，于是，我有幸用了两间。在那个简陋的居所里，想要个安静宽敞的书斋是个梦想。因此，我把自己的藏书一直存放在工作单位的一间单身宿舍里。

我所在的工作单位早在四年前就动工兴建了新宿舍，并决定分配给我一套三室一厅的新宿舍。今年春节，我搬进新居，心想这总该有一间敞亮的书房，可以让我安安静静读书写作了。可是，房子是有了，孩子也长大了。三间住房，女儿住了一间，儿子住了一间，我和老伴住一间。安个书斋的愿望还是没有实现，仍然只得把我在工作单位的那间单身宿舍当作我的书房和休息室。尽管如此，当我徜徉在这局促的书房里，可以安静地在此读书写作，我就感到精神上的满足，忘却了人世间的一切纷扰和烦恼。在这里，我看到了鲜花，也感受到了灿烂的阳光……我觉得自己的生活是最充实、最富于希望的。我把这当作一种人生的追求。因此，就在这间书斋里，更确切地说，是在无"斋"可言的简陋的藏书室或卧室里，近三十年间，我见缝插针地读书写作，至今已写出并已问世的儿童文学论著有七本，其中有三本重印三次，受到读者的欢迎，而《儿童文学概论》一书，曾被评为1978—1982年浙江省社会科学优秀成果专著一等奖。

我跟大多数中国当代的知识分子一样，物质的欲望不高，精神的需求却很迫切。只要有一间书房，能让我按照自己的意愿安排得妥妥帖帖，假如再配上一套既省料又能节省空间的组合书柜，安置好我数十年淘金一样搜求得来的心爱书籍，要用到哪本书时都可以得心应手地很快找到，这就是一种莫大的愉快！然而，这样一个不高的欲望，对我来说也非寻常事。

两年多前，由于工作需要，组织上把我调到行政工作岗位上。为了办好学校，我把全部心力都扑上去了。爱书的我几乎和书斋中心爱的藏书暂时暌违了。一天到晚，忙忙碌碌，有数不清的事务等着我去处理，有数不完的人找上门来要我接待，还有数不尽的新问题、新事物亟待我去调查研究。想坐下来读点书、写点什么，也成了新的奢望。

不仅没有时间读书写作，也没时间打扫、清理我的书斋。书刊报章狼藉满室，尘土已盖满了我那些心爱的书册。因此，我把自己的书房戏称为"染尘斋"。烦恼随着生活而滋生，心态失去了平衡。可是，左思右忖之后，我领悟到读书的目的是掌握知识，为社会造福，写作也是为了促进社会文明的发展。既然组织上信任我，要我悉心办学，那么造就更多高质量的人民教师，不一样是造福于民、促进社会文明的发展吗？何况我的书斋尘封，是跟我初出茅庐、缺少行政工作经验、不善于科学安排时间有关，我确实陷入了事务缠身的困境，为何不很好地总结一下经验，从中吸取教训呢？总得学会"弹钢琴"，更好地调动同事们的积极性，合理地安排时间才行。这样一想，心境也就坦然、释然了。其实，为了带好身边的五名攻读硕士学位的研究生，为了了解日新月异的儿童文学信息及其他文艺理论新观点，我还是千方百计地挤时间读书、挤时间写作，只是要彻底改变我尘封的书斋面貌，可还得下一番功夫。

这次，一位来我校访问的记者说要看看我的书斋，我说："我的书斋或许是世界第一。"

"为什么？"

"你进去一看就明白了。"

等他进入我简陋的书房一看，室内到处是书，不仅柜内、架上是书，床上、箱上、桌上、凳上，还有地上，无处不是书，而且都已蒙上一层厚厚的灰尘。

"啊，这是一位大学校长的书斋吗？那真是世界第一！"他不胜感叹。

"不假吧？我的书斋名曰'染尘'，也是名实相符的吧？但我想，在不远的将来，我这书斋能更名为'尘不染斋'，变得窗明几净起来。"

大家相视而笑了。

《光明日报》1986年12月27日

杏花·春雨·江南

生活的美本就是多彩的。空气中流动着温馨的歌、湿润的曲，都带着一种诱人的香味。

杏花

诗人说：杏花是春神的女儿。

她给人们带来了温暖，带来了歌声，带来了喜悦，带来了希望。

真的吗？我不知道。

我只是确信——

她一露笑脸，人们的心就暖了，脱下了厚重的御寒的棉衣；

她一露笑脸，小鸟就在枝头喧闹，人们仿佛听到春神悦耳的歌声；

她一露笑脸，蜂蝶就在花间蹁跹起舞，为人间编织了一个快乐的梦；

她一露笑脸，人们的眼就亮了，心中充满了光明。

你看，她站在村头开颜而笑。

杨柳在她身上轻轻一拂，她那盈盈的笑脸上，顷刻间泛起了红晕。她那好似少女的脸颊是那么妖艳，时时魅惑着行人的眼；她那宛如少女的眼睛是那么多情，时刻逗引着过客的心。走过她身旁，谁能不动情呢？

看到她那盈盈的笑脸，人们的心就醉了，心底有说不尽的温暖；听到她那轻微的呼吸，人们的耳也醉了，一丝丝悠扬的音乐漾进耳膜；嗅到她那喷香的气息，人们的鼻也醉了，香气渗进全身，每个毛孔都感觉舒适；触到她那柔美的脸颊，人们全身心都醉了，蜷缩了一冬的身躯像喝了浓郁的醇酒，变得无比轻快……

可是，多少羡慕的眼光，多少赞叹的评说，她全不在意。在她短暂的生命里，她只是用自己的美和生机激励人们：

春天来了，劳动吧！

春天来了，劳动吧！

春雨

像袅袅的轻烟。

像轻盈的细纱。

像纤纤的银丝。

像飘逸的雾幔。

嫩绿的烟雨，在大地的上空飞洒飘忽，满含着青春的芬芳，笼罩着整个翠绿的江南。啊，多么美啊！有如一幅点染在宣纸上的水墨画，那么淡雅，那么素丽，有着一种好似蒙娜丽莎微笑的朦胧美。

在霏霏的烟雨里，土地在悄悄地苏醒。

原野上，勤劳的农民在吆喝着耕牛翻耕着土地，把一丘丘长着紫云英的绿肥田犁翻过来，把冰冻了一冬的乌黑土地翻过身来，让洋溢着勃勃生机的土地得到雨水的滋润，好让它们润润喉，放声歌唱生命之曲。

在霏霏的烟雨里，生命正在轻轻地跃动。

水田里，朴实的农民披一身薄膜雨衣，用粗拙的双手，把一颗颗催了芽的种子撒向大地。他们用温馨的爱播种着一行行绿色的希望。

又一个烟雨霏霏的早晨，我怀着寻求希望的心，走过农民播种过的田地，蹲下身来细心地寻觅生命的萌发……

啊，发芽了。

发现那绿茸茸的芽，我心中有说不出的惊喜。

在那一粒粒略带嫩黄色的绿芽上，我找到了春神的足迹，我看到了生命的闪光。

这时，一丝丝迷蒙的烟雨，飘在我的脸上，仿佛也滋润了我的心。

江南

这里是一个诗的王国，一片幸福的土地。

一望无际的水田里，布满了绿色的秧苗，和煦的微风从这里吹过，漾起一层层绿色的笑波——那是土地妈妈甜蜜的笑靥。

开满映山红的浅山边，有一条美丽的小河，从我们村边流过，明净透亮的河水在闪闪发光。

稍远处，一幢幢崭新的别墅式的农舍在旧茅屋顶上露出喜悦的脸，掩映在杨柳和水杉的绿荫中，间有一树红杏在浓绿中亮出她那妩媚的笑涡。

有人从村边走过，低声吟咏着白居易的诗篇《忆江南》……

这里是一个画的宫阙，一幅悦目的写意画。

晴朗的春光，十分妖娆。明媚的阳光下，麦苗青青，菜花黄黄，仿佛这里不曾经历过冬天；湛蓝的天空，有云雀在快乐地歌唱。

烟雨中的春色，格外旖旎。山影空蒙，树林葱翠，好似这里永远是春天。一群村姑撑着花伞走过田野，花花绿绿，千姿百态，多像春雨浇开的鲜花。

啊，我喜欢鲜艳的朝霞照耀下的故乡，我也爱烟雨茫茫的江南。任何时候，她都似画家笔下点染出的写意画。

这里是一个音乐的殿堂，一曲醉人的《春江花月夜》。

暮色中，富有浓郁地方色彩的丝竹声悠悠地飞扬起来了，尽管那声音显得那么古老，但仍然浮动着人们对当前生活的爱。那声音朴素、细腻，比肖邦的夜曲更亲切、更优美。

暮色中，带着强烈现代化音质的录放机也在播放着当代青年爱好的流行歌曲，跟富于民俗味的丝竹声混合在一起，是那么地不合拍，但又让人感到无比和谐——生活的美本来就是多彩的。

空气中流动着温馨的歌、湿润的曲，都带着一种诱人的香味。

这时候，我真的醉了。

新加坡《联合早报》1989年8月27日

小桥·流水·人家

小桥

外婆家门前，有一条小溪流过。

溪上有一座石拱桥，桥不大，气派却不同凡响，有着文物意义。

村里的老人们都说它是元末明初的老古董，元末年间，朱元璋举兵攻打金华时，就曾带队从这小桥上经过。后小桥毁于战火，至嘉靖年间重修，仍算得上是个古董级的文物。

桥边还有一座古庙，据说也曾驻扎过朱元璋的部队呢，如今物是人非，好似早被人忘却。战争的喧嚣声早已沉寂，留下的仅仅是寂静的夜色。

夜深了，古庙显得更清静。旁边的石桥呆呆地睁着双眼望着它的老邻里，不言不语。

只有小溪还活跃着，轻声地唱着小夜曲，流过小桥，流向远方……

流水

溪边杨柳依依。

早晨，在明媚的阳光下，有村姑在捣洗衣物，不时有嬉笑声，随着溪水悠悠地流去。

清澈见底的溪水从我的眼前潺潺地流过，每一滴都晶莹剔透。

溪中有小鱼游来游去，也倒映出远山葱茏的倩影。

溪边还停有一条小船，时时随风漂荡着，轻轻地倾诉着千百年来被村里老人们口口相传的动人故事。

看到溪水缓缓流去，我还会想起小时候一些难忘的记忆：

——外公带我在船上看星星；

——外婆戴着老花眼镜在溪边柳荫下纳鞋底做小鞋；

——爸爸牵着我的小手到小溪里捉小鱼小虾；

——妈妈端午做了香包，送到小溪边来给我挂在胸前，我至今还记得沁进我鼻孔的那股香味。

溪水缓缓地流去，带着漂在水面上的片片柳叶，却永远带不走我那诗意的童年记忆……

人家

青山绿水，

白墙黛瓦，

红枫摇曳，

绿竹成行，

堪比一幅山乡田园水彩画。

那片山田，

那片沃土，

那一堆堆的禾草，

那一缕缕的袅袅的炊烟，

画出了山乡人家，

青山绿水环抱着十多户人家，

错落有致地构成一个恬静的小村。

走进村里，

家家窗明，

户户几净，

一尘不染，

好一派风光旖旎的江南景色。

走进人家，

人人和睦相处，

户户情深谊长，

处处可以感受到山村人家的恬淡，

别有一番诗情画意。

《浙江散文》2022年12月第6期

金色的秋天

早晨

金色的朝霞涌进窗槛，我迎着晨风打开窗，猛听得窗外柳树梢上喜鹊喳喳地叫，好像向人们报告丰收的喜讯。

稻谷成熟了。

有人带着镰刀和镰刀碰撞的声音从窗下走过，嘴里低声哼唱"社会主义好"。

我的心啊，悄悄地融化在乐曲里，随着歌声飞去。在这动人的歌声中，我仿佛看到人们在绚丽的春阳下，将饱满的金色谷种和着金色的希望，撒下田地；在歌声中，我仿佛看到人们用翠绿翠绿的秧苗，为大地缀上一片锦绣；在歌声中，我仿佛听到在炎热的骄阳下，从绿波万顷的稻田中，传送出和今天同样悦耳的歌声……

多么激动人心的歌声啊！它打开了每一扇向往幸福的心扉，活动着每一颗追求美好的心。

今天，在喜鹊预报丰收喜讯的叫声中，我又一次听到这动人的歌声。我压抑不住内心的激动，想向每一个人唱一曲《社会主义好》。是的，社会主义多美好！为了把这曲颂歌唱得更嘹亮，我随手卷起袖口，拿着镰刀，跟着人们，踏着金色的阳光，走向金色的田野……

金色的田野

蔚蓝的天，万里晴空，不浮一丝白云。

在晶亮的阳光下，田野里金光闪闪，遍野是丰硕的黄金稻。

是丰收的季节啊！

在金色的阳光下，沿着村道，来了一支很长很长的牛车队。金黄的牛毛上，凝结着清晨的阳光。牛车是金色的，赶车的小伙子也是金色的。他一边赶车，一边在盘算着：今天能不能又快又好地把村东畈的稻谷拉完……

是丰收的季节啊！

在金色的阳光下，满脸红光的年轻小伙子，像一群小老虎似的战斗在金色的田野上。看着那沉甸甸地倒垂下来的、饱孕着谷实的稻穗，他们的眼睛闪闪发光，提起粗壮而有力的臂膀，挥舞着镰刀前进。一层层金色的稻浪，一排排金色的臂膀，一堆堆金色的稻子。

是丰收的季节啊！

在金色的阳光下，满田满畈都是金色的。迎着喜悦的人们，金色的田野在闪闪地发亮……

喜悦

田野里走来一群少女，头上都插着喷香的白兰花，醉人的香气和着稻谷的芬芳，在金色的田野里扩散……

她们手里拿着镰刀，嘴里歌声不断。

每一张脸庞都像盛开的牡丹那么艳丽，像熟透的苹果那么丰满，展现了迷人的笑容，洋溢着青春的快乐。

姑娘，你为什么笑？有什么秘密的希望埋藏在你的心底？有什么动人的故事想要讲给我们听？

她笑笑不肯讲。

你不讲，我也猜着八九分。你是为盼望已久的金色的秋天已经降临而感到高兴？你是因辛勤耕耘的稻穗长得特别丰硕而欢欣？你最近又得到心上人立功的喜讯？你和他商定的喜期快要来临？你妈妈又在你耳边唠叨着要抱外孙？……

是的，都值得高兴。

收获的季节到啦，谁能不高兴？大地的丰收，心田的丰收……说不尽的喜悦，凝聚成脸上的笑容，有如天边的彩霞一样瑰丽。

傍晚

傍晚，天边布满彩霞。

村口广场上一片喧闹，渲染着欢乐的气氛。

场边堆起大堆大堆金黄的谷草，还在散发着浓郁的泥土香味。

草堆下，几位老汉正在指指点点、说古道今。眼前丰收的盛景，往往会令人想起已经逝去的岁月，那些日子过得多么艰难啊！有一位老汉沉思了片刻，意味深长地自语："要不是毛主席领导得好，组织村里修起双龙大水库，碰上今年这样的大旱，早该拖老带小去逃荒讨饭了。"

是的，灾年获得好收成，真是奇迹。

想想过去，看看今天，历经苦难的老农，面对着这样的奇迹，抑不住内心的喜悦，又情不自禁地沉浸在辛酸的回忆中……

没有见过父辈们的辛酸泪痕和苦难血迹的年轻人，确实是最幸福的。他们难以理解老人们此时此刻复杂的心境，也不大关心老人们刚才谈论的话题。你看，年轻人在广场上有他们自己的欢乐天地，他们唱啊，跳啊，歌声笑声融合成一片。多高兴啊！这边刚唱完《在村外小河旁》，那边又飞扬起《桂花开放幸福来》……

"红领巾"们当然更高兴。他们无忧无虑，捧着大捧大捧的包萝，拿着喷香喷香的番薯，边吃边跑，打打闹闹，一刻不停。场上残留着金色的余晖。辰光还早，电影未开映，他们就是无法安静。

丰收的季节，多么高兴！秋天的傍晚，到处回荡着欢乐的笑声。

《东海》1962年10月号

银色的冬天

瑞雪

啊，好大的雪！

雪花已整整飘了一夜，早晨打开窗户一看，还在纷纷扬扬漫天飞舞……

山是银色的山，树是银色的树。

大地白茫茫的一片。绿色的麦苗不见了，赭色的阡陌不见了，潺潺的小溪不见了，凹凸不平的沟壑也不见了。

村那头走过来一位乐呵的老汉，踩着银白色的村道，脚下发出吱咯吱咯的响声。老汉的须眉本来已经花白，经雪花一盖，简直像童话里的圣诞老人。

"瑞雪兆丰年啊，明年一定是个好年景！"

老汉脸上流溢出一股无法抑制的喜悦。

这时，我脑海里忽然浮现出童年时代的梦境：

在那玉宇琼楼的仙国里，住着一位丰收老人，白眉、白须、白头发。他总是喜欢在大雪纷飞的时刻，乘上一辆熠熠闪光的白色马车，巡行在粉妆玉砌的银色世界里，给人们送来欢乐和幸福……

雪后

日光从云缝里钻了出来，金光耀眼，把整个银色天地照耀得分外璀璨夺目。

村里的广场上，一群孩子在冰天雪地里玩得真起劲，有的在堆雪人，有的在打雪仗。喧闹的喊叫声，欢快的嬉笑声，为这寒冬的天地骤增了无限春意。

村边的小溪旁，流水仍在叮咚着，树枝仿佛裹了一层玻璃，树梢挂着闪闪发光的雪花。两个穿着大红滑雪衣的姑娘，背着照相机，正在寻找着美，寻觅春的踪迹，大概想把她俩的青春梦境，永远留在镜头里。你看，那位苹果脸的姑娘，在她那水灵灵的眼珠里，就蕴藏着一个童话般的意境；另一位瓜子脸的姑娘，颈上飘着一条绯红绯红的围巾，在白皑皑的雪地里，显得格外醒目，为这冰天雪地增添了一抹春色。

是啊，雪刚停，春姑娘就悄悄来临。不信，请看村子尽头的小山坡上，迎春花正在不声不响地悄悄开放……

冬夜

窗外，冰上加雪，小溪凝结了。

大地一片寒光冷气，仿佛空气也凝结了。

在这银色的天地里，只有柔软的雪，还在欢乐地漫天飞舞，在轻声地唱着一支丰收的歌……

窗内，炉火熊熊，春光融融。

一盆炭火燃得火红火红，有几颗火星，像顽皮的孩子，不时从火盆里高兴地跳出来。人们正围炉闲话，在欢声笑语中谈论着过去、今天和明天……

围在红火的炉前，人们忘不了过去寒风冷雪的艰难岁月，对比近几年红艳艳的日子，仿佛从甜梦中醒来一般高兴。

围在红火的炉前，希望的激情洋溢在人们的心胸。冬去春来，他们正在盘算着开春后的生产，仿佛在讲着一个春天的故事。

围在红火的炉前，坚毅的意志蕴藏在人们的心底，为创造更美好的生活，人们越谈越兴奋。对于万紫千红的明天、风光旖旎的未来，大家充满着信心，洋溢着幻想……

《三月》1984年3月号

台湾之行

过香港

去年10月，我接到台湾海峡两岸儿童文学研究会理事长林焕彰先生的邀请，几经周折，终于今年5月成行，经香港赴台，在台做为期两周的参观访问。

我因应香港大学和浸会大学两校邀请讲学，提前于5月19日出发。当夜火车进入江西境内，便因樟树一带洪水成灾，铁路桥坍塌，被阻于中途达十余小时。第二天，列车长未向乘客做任何广播说明，便改道南昌、武昌，于21日上午回到浙赣线上的株洲站，总算于21日晚7时到达广州火车站。

第二天早晨，我匆匆赶到罗湖关，办好出关手续，于10点半进入香港境内，下午到浸会大学冯瑞龙博士家下榻。

5月23日在浸会大学做了题为"中国儿童文学的历史和现状"的演讲；25日到香港大学做题为"中国儿童文学的历史发展"的演讲；26日到香港文学社拜访学界老前辈、《香港文学》主编刘以鬯先生，畅谈一下午。

海峡两岸儿童文学交流

5月28日上午9点半，我整好行装，雇了的士赶到九龙机场①，办好出境手续已12点半，航班延误了近半小时才起飞，3点多到达台湾桃园机场。下机走到出口处，见有位小姐拿着写有我名字的迎客牌，我以为是会务组派来迎接的，一问才知是机场的服务小姐——凡是大陆来的同胞，机场都派服务小姐帮助领取行李，办理入境手续。由于这位小姐的引导，我快速顺利地办妥入境手续，并按照台湾的规定将证件存放在机场。

在到达大厅里，台湾儿童文学界的谢武彰、桂文亚、杜荣琛、陈木城等朋友都已久候，迎了上来握手言欢。上了车，在高速公路上走了一小时，到达台北市南海路台北教师会馆落脚。当夜举办了盛大的欢迎晚宴。

次日，早餐后去国语日报社礼堂，9点半，海峡两岸儿童文学学术研讨会在这里开幕。冰心先生从北京寄来贺词："儿童是祖国的未来。敬祝海峡两岸儿童文学研讨会圆满成功。"台湾著名儿童文学家林良先生发表了热情洋溢的欢迎词："有朋自远方来，不亦乐乎？"

简单的开幕式结束，10点半便开始第一场童诗比较讨论。林良先生发表题为《童诗轮廓》的论文，我发表论文《情·象·境·神——从中国诗艺美学传统看海峡两岸儿童诗》，为交流打响了头一炮。

下午举行了第一场童话比较研讨会和第二场童诗研讨会，由洪汛涛、小野、林焕彰、金波四位先生发表论文。

---

① 指香港启德国际机场，位于九龙城区，于香港国际机场建成后停用。

5月30日，继续在国语日报社举行研讨会，先后进行了七场讨论，发言踊跃，情绪热烈，两岸同行都认为收获很大。

5月31日上午参观访问国语日报社，下午参观访问信谊基金会。上述两个与儿童文学有密切关系的团体，分别与大陆儿童文学学者和作家交流，并设宴款待。

三天会议，台湾的报刊竞相报道："让这次历史性的聚首，缩小两岸文学的鸿沟，齐心使中国三亿五千多株民族文学'幼苗'茁壮成长，蓓蕾满园。"（《国语日报》5月30日）

环岛游

6月1日开始，主人盛情招待大陆客人环岛游。一辆中巴载着主人和客人从台北出发，第一站到台北县①的九份。这个位于坡地且面海的山城，给游客带来辽阔的视野，山海风光尽收眼底。稍事观览，继续前行，来到宜兰县的礁溪，参观了台湾著名农民企业家林枝漫先生创设的"橘之乡"，品尝了别有风味的蜜饯。然后沿着东海岸高速公路来到宜兰，冒雨参观了运动公园和冬山河。赶到花莲市，在英雄馆宿夜。

6月2日早晨从花莲出发，去太鲁阁公园。台湾中部横贯公路和苏花公路是著名的景观道路，太鲁阁公园就位于这两条公路的衔接处，发源于合欢山的立雾溪经此入海。公园的入口处，有一群穿着艳丽的泰雅姑娘在等候游人同她们合影。我们在入口处下车，沿着中横公路漫步而行，来到燕子口，这里雨燕成群，穿梭呢喃，形成了"百鸟鸣谷"的奇

---

① 今台湾省新北市。

景。沿着清澈的立雾溪从太鲁阁到天祥的一段，河流两岸绝壁高悬，形成世界罕有的大理石峡谷，雄伟峻拔，叹为观止。水石之美，令人流连忘归，蟊斯清脆悠扬的歌声，为这个神秘的峡谷带来了热闹的气氛。在天祥过摇晃的普渡吊桥，遥拜祥德寺。限于时间，无暇再进寺观览，便折回来到太鲁阁公园管理处稍事休息，继续沿东海岸飞驰。到成功港午餐后，又冒雨游三仙台。晚上7点到台东市，受当地同行和好友设宴款待。晚宴后观看台湾各师范院校的儿童剧演出。

6月3日，从上午9点到下午2点，参加台湾全省儿童文学与教育的研讨会。我在会上对大陆的儿童文学教学做了介绍，并回答了台湾同行们提出的问题。

下午2时登程去台湾岛最南端的垦丁公园，夜色苍茫中来到垦丁青年活动中心宿夜。

6月4日，早餐后参观了屏东县恒春镇垦丁国民小学鹅銮鼻分校。这是一所迷你小学，只有72个学生、8位教师，分设6个班级。这里绿树成荫、窗明几净，真像个世外桃源。离开小学再到垦丁公园，参观了鹅銮鼻灯塔。乘车过恒春镇向高雄市进发。沿着台湾西海岸行驶，海风轻拂，令人陶醉。到高雄市又一次受到当地同行盛情款待，即驱车参观该市澄清湖海洋奇珍园。各种千奇百怪、鲜艳亮丽的海洋生物，如海苹果、蓝面神仙鱼、五彩龙虾和随波漂荡的海珊瑚等，还有各种琥珀化石，令人眼花缭乱。这个耗资2亿元台币建造的奇珍园，汇集了世界各地的海洋奇珍，让人大饱眼福。离开澄清湖便向日月潭赶路，花了近6小时车程，于晚上8点多到日月潭教师会馆休息。

6月5日，早餐后乘车到日月潭码头，乘游船在潭内转了一圈。遇到地震，但我却未感觉到。中午赶到台中，台中师院①中文系郑蕤教授在一家日式餐馆设宴招待大陆来客。

下午安排参观台中自然博物馆，观看太空电影，我因友人邀请去他家做客，未参与此行程。等同行看完电影，我们又继续上路，驱车到新竹南园休息。

6月6日，早餐后游南园。这是东阳籍的报业大王王惕吾先生的财产，作为联合报系员工的休假中心。此处本为一果园用地，面对一望无际的平原，三面峻岭拱拥，亭台楼阁错落其间，碧树成荫，绿意迎人，环境极为幽静，是个休假的好处所。

近午离开南园，于下午3时回到台北市，仍住教师会馆。夜由台湾新闻局设宴招待。

6月7日，上午参观台北故宫博物院。由于时间限制，只能走马观花看了一角，只感到陈列的各类珍宝，都要比北京故宫博物院陈列的更多、更珍贵。因为在抗日战争之始，从无数珍宝中精心挑选的那些精粹，先迁重庆，再随蒋介石政府迁来台北，所以在台北故宫博物院收藏的肯定是精华中的精华。

下午参观了三家书店。

至此，环岛游告一段落。台湾，确实是一个美丽的宝岛，在我的脑海里留下了一段非常美好的记忆。

《精神文明报》1994年9月23日

---

① 台中师范学院，今台中教育大学。

武汉散笔

长江大桥

我爱长江那烟波浩渺的诗意，我也爱长江那滚滚奔流的豪迈音响，我更爱长江大桥那横贯碧空的雄姿。

站在雄伟壮丽的长江大桥上，举目眺望，武汉三镇历历在目；低头一看，江水滔滔。朝东远眺，淡淡的雾霭中，大江滚滚向东流去，江面上风帆片片，鼓满了风飞驶而过，它使你自然而然地忆起了李白的名句："孤帆远影碧空尽，唯见长江天际流。"转过身来，朝西注视，映进你眼帘的，不是崔颢诗中描写的"晴川历历汉阳树，芳草萋萋鹦鹉洲"那种古老的景色，而是掩映在绿树丛中一片白墙红瓦的新村、排列如林的工厂烟囱、往来如流的车辆……这时候，你会感到今天的景色比古代诗篇中描绘的不知要绮丽多少倍。特别是当你看到身边飞驰过桥的汽车有如织梭飞跃，听到大桥底层不时传来火车隆隆的歌唱，你能不感到今天的长江风光更绮丽、更壮美吗？

走过桥去，乘桥头堡中的电梯来到桥下，仰头一望，只见雄伟的大桥宛如蓝天上的一条彩虹，横贯在浩浩荡荡的长江上空。

多美啊，望着这瑰丽奇伟的长虹，我幻想着一个童话——从前有一个仙人，来到波涛壮阔的大江边上，只见滔滔白浪，汹涌澎湃，江心激荡的漩涡中，漂着一叶扁舟，转了几圈就被洪水吞没了，行人发出了惊叫声……仙人动了恻隐之心，只见他吹了口气，顿时蓝天上出现一条长虹，长虹又慢慢降落在两岸之间，幻化成一条五彩的大桥。多美的桥啊，人们欢悦地在桥上来来往往……

可是，童话中的仙桥有谁见过？有谁走过？

要使天堑变通途，仙人怕也无能为力。千百年来长江两岸人民殷殷期盼，又有哪一位仙人的恩赐使得他们如愿以偿？没有，没有！可是，今天当我看到这"长虹卧波"的壮丽景色，我不能不赞叹站立起来的中国劳动人民的伟大！他们的智慧和劳动，使所有的神力仙术的幻想，都失去了光彩。我想即使用最丰富的童话幻想，也难以描绘出他们那惊人的豪迈劳动！因为劳动人民本身就是最高明的童话作家啊！

东湖

春天的东湖风光，多媚人，多可爱。

我们在东湖风景区的翠柳居宾馆午餐毕，就在宾馆的阳台上极目眺望东湖的景色。这时候，万顷湖光，尽入眼中：湖中静静地荡漾着轻波，阳光在那儿闪耀；三五成群的野鸭在湖心悠闲地嬉游着，偶尔发现水里的鱼儿，它们便猛然钻进水里，衔着鱼儿腾起，翩翩飞去了。

远处，那红檐绿瓦的亭台楼阁掩映在绿树丛中，极富诗意。最可爱的还是那东湖里的倒影：那秀丽的珞珈山，那宫殿式的武大校舍，映在明镜似的水里，随波晃动，多美妙的图画啊！

湖左角的更远处，武汉钢铁厂雄伟的高炉在大地上傲然而立，烟囱里冒出一缕缕白烟，衬着蔚蓝的天，为东湖平添了一番景色。

我们走出翠柳居，来到行吟阁前，首先映入眼帘的，是祖国伟大诗人屈原的塑像。他巍然站在高高的石台上，正用那深沉的目光注视着远方。那种忧愤的神态，好像在沉思，又好似在吟咏什么诗句。站在塑像前，我们好像看到诗人当年在武汉行吟的情景，仿佛听到《离骚》《哀郢》中那些忧心如焚的诗句。绕过屈原像，漫步登上行吟阁，阁三层，飞檐绿瓦红柱，极其庄丽。阁中陈列屈原的著作及其他纪念物，供游人参观。上楼可以四面眺望东湖明媚多娇的风姿。

离开行吟阁，我们沿着听涛区的湖边，在软绵绵的草地上漫步。俯视湖面，碧青的湖水清澈见底，微风不时吹起几片涟漪，湖面宛如一块闪光的青绿软缎，显得格外典雅。群群水鸟又在这绿水上面时起时落，与湖面上白云、绿荫、楼台的倒影相映成趣。看，春阳下的东湖，多柔媚，多艳冶！

我们从行吟阁一直缓步走到鲁迅广场，又从广场折回长天楼休息。一路上碰到不少游人，有工厂的团支部在湖边过团日，也有"红领巾"在草地上奔跑追逐；有鹤发老汉饱赏湖光山色之后在闭目凝神，低吟诗句，也有对对年轻恋人在喁喁私语。他们好似都被妩媚的东湖景色所陶醉，流连忘返。

啊，多美好的春天，多幸福的人们，多么美的东湖，多么美的祖国啊！

在"二七"纪念馆

我们怀着崇高的敬意，缓步走进"二七"纪念馆。

正对大门的墙壁上，挂着当年在斗争中牺牲的烈士的遗像，还有一面当时鼓舞斗争的工人纠察队大红旗，旗上还残留着在激烈斗争中被撕裂的痕迹。

从右边进去，有记录了当年工人们英勇斗争事迹的油画，有血迹斑斑的烈士衣物，有当年各界支援"二七"斗争的报道，有斗争中宣传鼓动的印刷品……这里的每一张纸、每一块木头，都记载着艰巨的革命斗争的史迹，显示着当年京汉铁路工人在党的领导下不屈的革命斗志。

从里面出来，我怀着无限的敬意，又一次来到正厅，瞻仰了高挂墙上的烈士遗像和那面大红旗。我的心潮汹涌不息，脑际激起了无边的遐思，它带领我回到1923年。我仿佛看到，在2月4日那天，京汉铁路总工会移到江岸办公，就在这里发出"总同盟罢工"的号召；也看到罢工斗争开始后，武汉各工团代表纷纷持旗来江岸慰问，就在今天建立纪念馆的广坪上，举行热烈的慰问大会，会后又浩浩荡荡排开队伍，进行声势浩大的游行示威……

我仿佛看到，在2月7日那天，反动派豢养的刽子手率领全副武装的兵丁，向赤手空拳的工人进攻，用乱枪马刀击杀工人。

我仿佛看到，江岸分会委员长林祥谦同志被绑在江岸车站电线杆上，用蔑视的眼光注视着杀气腾腾的刽子手，严厉拒绝军阀无理的要求："这是关系我们京汉路三万工人生死存亡的大事，没有总工会的命令，我们不能复工！"

走出纪念馆，我的耳边还回荡着林祥谦同志在被刽子手连砍九刀之后，用最坚决的口气高呼"头可断，工不可上！"的钢铁般的声音。这时，庭院里洒满了灿烂的阳光，春花开得正盛。我默思：今天的一切幸福，不都是烈士们的鲜血所凝结成的花朵吗？

《东海》1962年5月号

深圳印象

谜一样的城市

跨上深圳火车站的月台，耀眼的阳光使我睁不开眼⋯⋯

走出车站，这个陌生城市给我的第一个印象，是这样年轻，充满活力。

到处是正在施工的脚手架，到处是高层楼房，都穿着鲜艳的新装⋯⋯

街上熙熙攘攘的行人，看来都很匆忙，也都兴致勃勃，好像洋溢着青春的热情，连两鬓斑白的老人也不例外。

我怀着一种好奇的心情，行走在那些既陌生又似曾相识的行人中间，想从生活在这个经济特区的人们身上，寻找出一些"特"色来。可是除了那些来自海外的游客、商人以外，深圳的市民和大江南北的居民一样，也没有什么独特的地方。要说有，那就是从他们脸上流露出一种无法掩饰的欢乐的感情，从他们身上散发出一定可以把特区建设得更美好的力量。

这一切使我感到新鲜、惊讶。天蓝得那样迷人，生活在这里的人们，也和南方的天空一样爽朗。

那些伸向高空的建筑物，有一种强烈的感染力，它们激起我立即卷起裤脚袖管，投身到建设者行列中去的欲望。

尽管我对这座城市的认识还是陌生的，但它留给我的印象却是难忘的——

啊，深圳，你是祖国南方谜一样的新兴城市，繁荣的希望已在向你招手。

探索从这里起步

招商局的招牌告诉我，

汇丰银行办事处的路标告诉我，

已经签订了的一千四百多个中外合作的经济建设项目的协议书告诉我，

一万多套从海外进口的先进设备告诉我，

不断在开拓、延伸的广阔街道告诉我，

建筑高耸入云的四十四层大厦的脚手架告诉我，

似水的车流告诉我，

繁忙的人们的笑脸告诉我：

这里正在向一个新的领域探索，探索一条走向经济繁荣的道路。

探索刚从这里起步……

请先别担心这里会不会变成港澳的附庸，也别忙着忧虑外来的精神污染会不会腐蚀炎黄子孙的心灵；

在探索的道路上，也许会遇上几场风雨，也可能踩进一个两个污洼泥淖……

当然，这里的一切探索，都有着明确的社会主义的目标，时刻遵循着来自北京的指令……

梦境般的夜

入夜，这个新兴的城市，抹上了一层奇幻的色彩，发出一种动人的旋律，显得格外美丽，充满快乐。

请看，这里的夜晚，有着璀璨的夜色：

白炽的街灯，

多彩的霓虹灯，

流动着的车灯，

游乐场上空繁星似的彩灯，

还有漫步在夏夜街头的行人，每个人脸上都亮着一对欢笑的眼睛……

这一切交织成多么灿烂绚丽的色彩！

请听，这里的夜晚，有着优美的旋律：

满载着离境旅客的火车，从这里轰然驶向九龙；同样满载着入境旅客的列车，又从这里隆隆地开向广州。

成串的车辆飞驶过城市新铺的柏油马路，柔和的喇叭声震荡着路边的行道树，每一片树叶，都产生共鸣，发出一种令人心醉的乐音。

工厂的汽笛声，机器的转动声，还有窗口飘来的收录两用机的轻音乐……

啊，这一切组合成多么悦耳动听的交响乐！

我漫步在城市的夜色中，眼前的这一切，好像是幻觉，又像是梦境……

《三月》1984年1月号

深圳风情

蛇口

多吓人的名字！

这里本是一个荒僻的小渔村，今天，希望的喜悦来到这里，繁荣的欢乐也来到这里。操着各地方言的建设者涌向这块处女地，高耸入云的厂房一幢幢迅速地矗立起来，鳞次栉比。来到这里就仿佛置身于一个美丽的童话世界。

"招商局蛇口工业区"，多神气的牌子！

海水在它的面前微笑着。

我沿着小径登攀坐落在工业区中心的那座小山，湛蓝的海水在光灿灿的夏阳照耀下轻轻波动，亦幻亦真，扑朔迷离。我多次产生一种幻觉，感觉走在前面给我们引路的向导，是带领我们进入缥缈之境的仙人。

上得山来，朝里一看，对面翠绿的山麓下是厂房，厂区新栽的行道树在带咸味的海风吹拂下，轻轻摇曳。朝外一望，一个不太宽阔的海湾深深地伸进陆地来，碧波荡漾，令人心醉；海湾的对岸，就是香港新界。一水之隔，却是两个截然不同的天地。小山脚下，是气垫船码头，从这里可以坐船前往香港。码头边停泊着两三艘气垫船，随波逐浪地在摇荡。

沿着海湾有一条整洁的小街，街心建有一小块一小块的花圃。店铺都是简易的平房，顾客却熙熙攘攘——人们来到这里，都想选购些称心如意的工艺品带回去；店里的售货员都是年轻人，不管是风姿绰约的姑娘，还是彬彬有礼的小伙子，都春风满面地热情待客。

我漫步在这童话般的世界里，早就忘了它那个吓人的名字。

西丽湖

深圳市有一个西沥水库，如今她有了一个美丽的名字——西丽湖。对于到处都繁忙喧嚣的经济特区来说，她确是优美的度假胜地。她有一种超凡脱俗的清秀和妩媚。

水库不大，在朴素的原貌上略加修饰，便成了一个风光旖旎的人工湖，倒也出落得明丽照人。左岸的浅山上，修建起一座座精致的别墅式小楼房，小巧玲珑，别有韵味。湖后岸边，盖上一座豪华的龙凤餐厅，不仅厅内的陈设古色古香，整个建筑也颇富东方情调。稍远处是现代化的宾馆、商店，附近松林中还有供海外旅游度假者游乐的射击场、野外烧烤场……要是想在这大自然的美景中领略一下野外生活的乐趣，度假村里还有帐篷出租。

啊，新建的西丽湖度假村，一个多么令人神往的假日好去处啊！

盈盈湖波，水光潋滟，只消在湖边坐上三五分钟，一切世俗的烦念都会涤荡净尽。波光岚影，绿烟翠雾，为这个小村增添了无限娇媚的秀气。这里每天都吸引了成百上千的港澳同胞前来游玩，西丽湖使他们消除了纷繁的都市生活和紧张的工作所积聚起来的劳累，也让他们在这个山明水秀的小村里，体味一下祖国河山的秀丽和人生的真趣！

荔湾港

这是个背山面海的小小的海岙。

比起繁忙、嘈杂的深圳市区，她好似一个世外桃源。尤其是在这夏天的日子里，这个充满椰风海韵的港湾，闪耀出一种瑰丽而动人的光彩。

这本是深圳市最荒僻的地方，如今却洋溢着希望的喜悦和繁荣的期待。

陪同我们参观的老吴说："那就是我们南海油田的后方基地。"

顺着他手指的方向，从这边的山脊上朝那海湾低洼的远处一望，那里错落有致地新建了一幢幢楼房，白墙红瓦，映衬着蔚蓝的海水，宛如又在眼前呈现一处海市蜃楼式的仙境……

伫立在这背山面海的海湾边，眺望那港湾里湛蓝湛蓝的海水和港湾上空寥廓的苍天，还有海天相映的白云，不禁神思飘逸——

美丽的大海；

矗立在波涛汹涌的海面上的一个个钻架；

要龙王献宝的建设者的雄姿；

在灿烂的阳光下的油田喷油的奇景。

记不得哪一位名人说过，最伟大和最为人们需要的建设师便是希望。我想，南海油田的建设者们都是使希望成为现实的建设师。他们正在为希望创造奇迹，把祖国建设得更美！

漫步在荔湾港岸上，我仿佛看见海洋已在向建设者招手，露出了深情的微笑！

《浙江日报》1983年10月7日

桂行速写

在飞机上

"三叉戟"①从广州白云机场起飞了……

我像一个第一次坐火车的孩子一样，一直俯在窗口凝望。摄入眼帘的田野、山脉、村舍、河流……一切都那么清晰可辨，机窗外的景象是一个缩小了的广阔天地。

飞机不断地升高、升高，升到八千公尺②的高空。往下望，是一片蔚蓝色的晴空，跟平日从地面朝苍穹眺望时一样蓝得可爱。

这时，我仿佛乘坐海轮航行在浩瀚的海洋中。高空中的白云，有的凝聚成洁白的冰山，有的好似汹涌的海浪，有的宛如矗立在海上的白玉似的大珊瑚，真像进入了一个迷人的童话世界。

尽管时令是南方的炎夏，从调节器里喷发出来的高空凉风，早已把

---

① 我国于 20 世纪 70 年代引进的民航客机。

② 公制长度单位，"米"的旧称。

机舱内的暑气驱尽。这时，看看机窗外那冰封雪盖般的美景，更似进入了一个清凉世界。

忽然有个奇怪的念头浮上我的脑海：要是此时此刻有可能让我回到童年去，我的童心一定会构思出一篇能打动每个孩子的童话来。

——七月十日上午穗邕①途中

看黄婉秋演出

金丝绒的大幕一拉开，便爆发出雷鸣似的掌声，剧场成了欢腾的海洋……

观众都用亲切、温柔的声音呼唤着你的名字："黄婉秋——刘三姐！""刘三姐——黄婉秋！"

你却显得那么从容、安详，用轻盈的步伐走到台前，以微笑向全场观众致意。

啊，"刘三姐"，你还像当年拍电影时一样年轻，光彩照人。

今晚，在这个精致的小剧场里，我见到你，好像是见到相识已久的友人。可不，你仍然是你——刘三姐的化身。

看到你，就会想起桂林七星岩的歌仙台，想起传说中聪明、美丽的歌手刘三姐，耳边仿佛还回旋着她深情的歌：

少陪了，日头落岭在西方。

天各一方心一个，

---

① 穗，广东广州的别称；邕，广西南宁的别称。

我俩情谊水样长……

我的遐想被台上清亮的歌声打断了。是啊，你唱得多美、多好，把你深蕴的感情唱出来了！甜润的嗓音，带着浓郁的生活气息。观众被这美妙的歌声迷住了，仿佛进入了一个南方夏夜的梦境。

啊，你真是刘三姐的化身！

掌声久久地在小剧场里回旋，观众迟迟不愿离开。幕闭了又拉开，人们争着拥向台边，都想看一看"刘三姐"的容貌变没变，并且轻声地向她道一声"晚安"。

——在南宁西园小剧场

漓江写意

金灿灿的太阳，湛蓝湛蓝的天。

游艇在绿莹莹的江面上航行，我沉浸在一种难以描绘的诗情画意之中。

沿江两岸，一座座峰峦拔地而起，姿态万千，苍翠欲滴。船在江中行驶，我坐在舱顶欣赏着一路山光水色，几乎到了忘我的境地。澄碧晶莹的江水，给倒映在水中的青山抹上一层迷离的色彩，好似无数苍峰翠峦浮水而出。移步换形的山山水水，处处都似一幅幅水墨淋漓的写意画。

啊，天下的彩笔，绘不尽你美的色彩。

啊，世上的妙语，写不出你美的形象。

游艇就像在山水画中行驶，越过一滩又一滩……

象鼻山、塔山、穿山、斗鸡山……处处挺拔秀丽。山光水色，令游客神魂颠倒，久久不愿离去。

"九马画山""七仙下凡"……山山神奇诡谲，使游人浮想联翩，真甘心仿效传说中的仙女，变成石山，永生永世伫立在这秀色之中。

岸边绿杨翠竹丛中，偶尔出现一个小村，招来游人一声声艳羡的感叹。那白墙红瓦的小屋，仿佛就是神仙的居处；那阡陌纵横的田野，好似世外的桃源。

在旅伴们不断的赞叹声中，我好像在翻一本水墨画册，有江流泻玉，有山色浮空，有流泉飞瀑，有奇洞美石，有幽潭险滩……一页页翻过去，在我的心中萌发了一个个诗的梦境……

——在七月的漓江上

观阿西画猫

夜幕悄悄降临。桂林的夏夜，既富诗情，更多画意。在漓江饭店三楼一间客室里，围着一群文化人，有作家，有教授，也有画家，他们都在凝神观看一个十岁的小画家作画……

你看，那位小画家稚气的脸上，流露出既天真又有点顽皮的神情。他把洁净的宣纸铺平，略做思索，提起那支跟他个子不甚相称的画笔，胸有成竹地在濡湿的纸上迅疾下笔，不用三分钟，一只仰着笑脸的猫跃然纸上……

你看，他画了一张又一张，一口气画了三十多幅猫，只只神态迥异，栩栩如生。有的弓着背，尾巴翘得高高的，睁着一双闪着绿光的眼；有的一跃而起，露出一副顽皮的神态，直跟一双翩翩飞舞的彩蝶追逐嬉戏；有的正抓着一只小鼠，在戏弄它手下的俘虏；有的懒洋洋地在伸懒腰，好似刚起床的懒婆娘，露出一副疲惫的神气；有的交叉着前腿蹲着，雍容华贵，像个闲着无聊的贵妇人……

你看，他的画落笔大胆，墨色淋漓，构图简洁，风格粗犷，充满了国画的韵味。

你看，他技巧纯熟，寥寥数笔，形神毕肖，使静观作画者都得到了美的享受。

啊，多美的画，多美的孩子！你的才华在祖国的阳光雨露下生机盎然，这才是一幅最美最美的图画。

——写于漓江饭店223室

伊岭岩风光

这儿距南宁市三十二公里，原来是一段地下河道，后来因为地壳上升，便成了幽奇的岩洞。据说伊岭岩至少经历了一百万年的历史，多惊人的年龄啊！

天下溶洞知多少？不说金华的双龙冰壶、宜兴的张公善卷，就连拥有龙潭天门之奇的北京云水洞，也比不上伊岭岩的幽奇；被誉为"神仙世界"的桂林芦笛岩，也比不得伊岭岩的瑰丽。

一到洞口，轻纱般的云雾烟霭飘散着，身临其境，犹如进入仙境。

进得洞来，洞景之美，令人惊叹。千姿万态的钟乳石，或林立岩壁，或屹立洞底，在彩色的灯光照耀下，犹如来到深山密林：无数千年"古松"，挺拔参天；丛丛"茂林修竹"，苍翠欲滴。真是一个幽静的清凉世界。

按照导游的指点，这是"凤凰展翅"，那是"金鸡伏窝"，无不形神肖似；这儿"万紫千红"，那儿"江山多娇"，全都瑰丽多姿；左是"灵芝"，光洁如玉；右是"昙花"，晶莹夺目。到处是石花石笋，有的小巧玲珑，有的庞大无比，真是琳琅满目，美不胜收。

来到洞中一个宽阔处，导游说这是"海底龙宫"。它的幽暗和宁静，都酷肖海底境界。在一片黑暗的"深海"里，有许多像星星闪烁的光点，仿佛有发光器官的深海生物在活动。石笋有的像爬行的海参，有的似凶恶的章鱼，有的肖如乌贼，有的形似梭子鱼，更有一些极像海底的千姿百态的植物，青、红、紫、褐，五光十色，真似一个魅人的海底世界！

快到出口处，耸立着一座巨大的山石，一眼望去，宛如一把硕大无比的芦笙。这时导游以悦耳的嗓音说："亲爱的游客们，你们参观了这个二万四千平方米的地下博物馆，一千一百米的游程即将结束了。让天然的芦笙为你们奏一曲骊歌吧！"此刻仿佛真有一种清妙音乐在耳边响起，出了洞还在幽幽地回响……

——录自七月十六日手记

听覃云绚讲故事

这个九岁的孩子一走上来，就闪动着两只机灵的眼睛，直视坐着的数百听众，没有一点惊慌的样子。这时他虽显得有点拘谨，但从他那灵活的眼神中，我仿佛看到一个顽皮孩童的形象。

"从前，有一个孩子名叫马良……"

他一开口，那富有艺术魅力的语言，一下就把听众吸引住了，好似磁石碰到了铁屑。

他讲到白胡子老人，我眼前仿佛出现一位霜鬓银发的慈祥仙人。

他讲到那个贪婪的财主，一股厌恶的感情涌上我的心头。

他讲到那个狠毒的皇帝，听众眼里闪出一朵朵愤怒的火花。

他讲到皇帝跟他的臣属登上马良为他们画的那只船，驶向那长着金光耀眼的摇钱树的小岛时，马良狠命地给画面添上一笔笔大风，船便在狂风恶浪中颠簸，最后在电闪雷鸣中葬身海底，听众突然爆发出雷鸣般经久不息的掌声。

不知不觉中，听众被他引进一个幻想的天地，忘了自己是在听故事。他绘声绘色的讲述，在听众心中留下了一个永生难忘的印象。

那天晚上，我做了个梦：在祖国南方的夜空中，又出现了一颗天文学家尚未命名的新星……

——南宁市"苗苗故事会"一瞥

《西湖》1984年第10期

越都履痕

沈园

走过那条坎坷的幽径，秋雨芭蕉，如泣如诉，仿佛在对游人诉说一段哀怨的故事。

八百多年前一个明媚的春日，陆游带着难以排遣的愁怀，来到这座如画的小园解闷，不意却在这里邂逅一往情深但迫于母命而离异的爱妻唐琬，万缕情思化作几多辛酸血泪……

一进园门，你就可感受到这里每根廊柱上还铭刻着灰暗的伤感，每步台阶上还爬满苔绿的哀怨。

走过那堵残垣，仿佛还可听到一个低沉的男声长叹：

"一怀愁绪，几年离索。错，错，错！"

最后那三个和着血泪喊出的字，一字更比一字沉重，倾诉了呼天无路、欲怨不能的悲怆。

"山盟虽在，锦书难托。莫，莫，莫！"

在那肝肠寸断的时刻，无奈中发出这绝望的劝慰，一字却比一字轻微，最后消失在哽咽之中。

好似在不远的地方，还有一个更哀怨的女声回响：

"欲笺心事，独语斜阑。难，难，难！"

想起辛酸的往事，面对恩爱的夫君，真是欲诉还休，唯有叹息而已。

"怕人寻问，咽泪装欢。瞒，瞒，瞒！"

她以同样的满蕴辛酸的心声，表达了一个在封建礼教桎梏下的弱女子难以言说的悲怀。

多少哀怨，几多伤感！游人从这里的盈盈池水中，大概还可以吟味出悲剧之泪的苦涩……

走出小巷，无尽的怅惘为每个游人留下一个缠绵悱恻的梦，一个永远铭记心中的无限哀怨的故事。

越王台

漫步攀登卧龙山的石阶，夕阳已缓缓西下，留下一抹逐渐黯淡的晚霞。

此刻，我的遐想飞向投醪河，耳边好似还响着欢快的锣鼓——当年经过十年生聚教训的越国老百姓聚集在河畔，正热血沸腾地送自己的子弟出征，讨伐吴王夫差。

可是，我怀着思古之幽情去寻觅的那投醪河，却早已断流淤塞。我想也许它正是当年越王班师回朝后的写照。

胜利常常是一帖魅人的腐蚀剂，它会侵蚀胜利者的头脑。打败吴王的勾践，不仅把过去的耻辱忘得干干净净，丢了过去裸卧过的柴薪，也弃了日必亲尝的苦胆，还为了补偿昨天艰辛卑下的困窘，用人民的血汗构筑了一座巍峨的宫殿，日夜沉湎于靡靡的声色之中……

走上越王台，我忽然想起，"企鹅经得起严寒，而受不住温暖的考验"。聪明的范蠡可真是一颗智星,他已预见到勾践道义上的灭亡,勇敢地抛却已经到手的荣华富贵,乘一叶扁舟悄然离去;而文种却成了一颗瞬间即逝的流星,他想从荣誉和权力中探求幸福,终于成了越王猜疑之剑下的祭品,难道这死是偶然的?

我从越王台下来,思索着人生这台戏,随着夜色,沉入一片黑暗之中。

禹陵

你踩着脚下万顷波涛,从黄河边走来,带着那些崇高的、令人肃然起敬的往事,在这里凝聚成一个不灭的灵魂。

翻开远古那页历史,多少神奇故事在你脚下诞生——

夹着泥浆的浩浩荡荡的洪水,吞噬了多少生命,卷走了多少财产,留下茫茫一片无尽的荒芜,还有诉说不完的眼泪和悲苦。

你为了那条桀骜不驯的黄龙,无日无夜地操劳奔波,三过家门而不入,熬红了眼,滴出了血,终于以自己的智慧和心血,为苦难的华夏大地的悲惨故事,画上了第一个句号。

就这样,你成了民族精神的象征,你成了一个万人崇拜的神。

今天,我背着历史沉重的思绪,来寻觅你那古远的形象,你却默默不语。

这里,虽没有金碧辉煌的殿堂,也没有缭绕迷漫的香火,却有肃穆稳重的意蕴,让每位游人意会到你的存在和你的价值。

沿着石阶步步向前,我低声呼喊着你的名字,眼底就会浮现出一个伟大的灵魂,还有一颗血红血红的心。

《百草园》1992年第3期

湘西寻梦

索溪峪

尽管你已历尽沧桑，但仍带着原始的粗犷。那施工中的路基和随车轮扬起的黄沙，却在向游人展示你过去那荒蛮的历史。

带着跋涉者的心情，洒下了几多汗水，终于攀上宝峰山时，我惊叹人间竟有如此美景！以无比悠然的心境，在宝峰湖泛舟时，面对粼粼波光，仿佛置身于一个人间仙境，真有飘然欲仙的感觉。深达百丈的湖水尽收眼底，这儿有着人间最清澈的涟漪，多美啊！

下山，刚刚走出仙地，来到黄龙洞，又进入一个奇境。古老的溶洞留下一篇篇神奇的童话，每走一步都会留下一个怪异的梦。在这个冰清玉洁的地底世界里，处处都是鬼斧神工的大自然描绘出的美丽图景，上下左右的岩壁闪闪烁烁，仿佛洒着一层水晶；成百上千的石笋，塑造出令人叹为观止的奇景。这个迷人的地下迷宫，是那么广阔幽深，又是如此变幻多彩，驻足其中，令人流连忘返。

哲人说，美无处不在，在于发现。到了索溪峪之后，我想应该修正上面的说法：美无处不在，谁都能发现。

张家界

我尚未离开索溪峪时，你已在向我招手。

一进十里画廊，白云悠悠在天边飘，溪水潺潺在脚边流。一眼望去，郁郁葱葱的悬崖峭壁，淡淡的乳雾笼罩着茂密的森林，构筑了一幅幅真山真水的国画，洋溢着一种朦朦胧胧的诗美。一步一换形，步步新景色，仿佛大自然的美全都汇集在这里。置身其中，好似抓住梦的手，跟着感觉走，脚步越来越轻快，心境越来越恬淡，忘却喧嚣的尘寰，心灵纯净得一尘不染。

芙蓉镇

你从哪里来？兴冲冲，行匆匆，好似在寻找一个过去的梦。

这个古老的山村，确实制造过许许多多梦，但那些梦，有的血迹斑斑，有的眼泪涟涟，有的心惊肉跳，有的悲悲戚戚……过去的，让它过去吧！今天生活这么美好，又何必再去追寻那些伤感的血迹泪痕？

今天，游人们感兴趣的是电影《芙蓉镇》里那些曲折动人的故事，寻找着刘晓庆"卖米豆腐"的地方。也许山因有龙而灵，这个千年默默无闻的湘西山村，突然变成熙熙攘攘的旅游胜地。也许店也因有名人而兴，这个本来过往行客稀少的偏僻小镇，一下开张了十多家米豆腐店。沿着那条不宽的蜿蜒起伏的青石板路，人们饶有兴趣地探访究竟哪一家才是真正的"芙蓉镇"米豆腐店，仿佛找到它就可以一睹刘晓庆的丰采，这也许是"追星热"的又一个侧影。

猛洞河

人们带着一颗好奇的心来到这里，惊喜地张着一双挡不住诱惑的眼睛。

在她那迷人眼色下，游人都急着试一试自己的胆识。

皮筏在澄碧见底的河流上漂流，河水有时舒缓，有时湍急，游客的心跟着有时悠闲自得，有时提心吊胆……

两岸耸立着凝云的山岗，不时有淙淙的流泉似珠帘般地挂下来，翠绿的山林中，偶尔也会有一两丛野花探出她们的娇颜。

坐在皮筏上顺流而下，扑面而来的是醉人的绿——绿的山，绿的水，迎面拂来的风也似绿色的，扑鼻而来的清香也似绿色的，连皮筏过险滩时在漩涡中翻滚的惊险，也凝聚在绿色的希望之中了。

《儿童文学》1996年6月号

不能忘却的纪念——寻觅张恭的足迹

文昌巷

记得这位英雄的故居吗？

让我告诉你，昨夜我——

梦见那条弯曲的石板路，

梦见那座石库门的老屋，

梦见我敲那阴暗的屋门。

在古老的金华城西北角，有一条历来有点名气的小巷，这就是府城隍前的文昌巷。

张恭是否诞生在这条小巷里，已无从考证，但他的童年确确实实是在这里度过的。他父亲名叫张棪，十年寒窗苦读，醉心于科举功名。他虽然能诗善赋、博古通今，也写得一手好字，却仕途坎坷，命运多舛，连个举人也没考上，只得在家中开馆收徒，当个私塾老师，过着清寒日子。由于自身不得志，他便把全部希望寄托在儿子身上。出生于清光绪三年（1877）的张恭，从小便受到严父的严格管教、慈母的细心呵护，三岁便在父亲督促下开始识字，四岁就习书法，五岁便能琅琅背诵《三字经》《百家姓》《千字文》，六岁就已熟读《大学》《中庸》《论语》《孟子》，从小就有"神童"的美誉。

一天，我带着怀古之幽情，从将军路向北折进文昌巷，一户一户挨个寻觅我梦中依稀见过的那座古宅，可是走穿整条巷子而不得。我还不死心，折返再找，走过巷的中段，仿佛听到东侧墙内一片幼童的喧闹声，我心中窃喜：那不是张椟家塾中生徒课间休息时嬉闹的欢声笑语吗？猛然间，我突然惊醒过来——我寻觅的毕竟是一百二十多年前的历史陈迹。哦，我空找了好久英雄童年时代的旧足迹，除了这个有历史意义的巷名，其他的一切，都已随风霜雨雪湮没。且记住岁月年轮有力地移转，世事繁荣有时，零落也有时，都会成为陈迹，但，我想，英雄童年的故事应该活在后人的心里。

丽正书院

我空找了好久历史遗迹，
我仿佛遗失了点什么。
"你遗失了什么呢？"
我无法回答这同情的询问。

于是，我沿着将军路往东走，来到金华东岳宫西，寻找建于清康熙六十一年（1722）的丽正书院。古时的金华，曾有两所名噪一时的书院，一名"丽泽"，一名"崇正"，都在旌孝门外，先后毁于兵灾。康熙末年，有人拟在滋兰书院的废墟上重建书院，借上述两所书院的遗泽，起名"丽正"。凡金华府属的生员考中秀才者，皆可申请入院就读。张恭在光绪十四年（1888）戊子科考中考取头名秀才，这时他才十二岁，便进丽正书院读书。

在这里，他受到丽正书院山长汤寿潜改良主义思想的洗礼，眼界大开。他把汤氏的《危言》四十篇当作至理名言。

在这里，他遇到另一位享有"神童"美誉的同窗蒋乐山，受其熏陶，思想更加激进。蒋乐山比张恭大了二十九岁，当张恭带着稚气进丽正书院的时候，蒋乐山已过不惑之年。蒋乐山的父亲蒋湜，尽管也是科举出身，中过举人，但对清政府的腐败无能、丧权辱国十分痛恨，当侍王李世贤进军金华后，蒋湜便带领团练乡勇投奔太平军，后来兵败严州，吞金自杀。作为太平军烈士遗孤的蒋乐山，从小受到影响，为人豪放，甚受同学爱戴。他对刚进学的张恭倍加爱护关心，二人友谊甚笃，成了忘年之交。蒋乐山带有传奇色彩的经历，也使张恭敬仰不已。在这位大兄长的熏陶下，张恭逐渐摆脱生父张栻保守的封建思想的束缚，成了有胆有识、胆略非凡的豪杰式人物。

在这里，张恭开始背着父亲与会党中人来往，蒋乐山就成了他的引路人。这时浙江洪门会门、山堂林立，张恭首先对终南会产生好感，想与会中人义结金兰，共同树起反清的义旗。

在这里，他跨入会党之门，成为领袖人物之一。他先是创设积谷会，再是千人会，后又开堂成立龙华会。

我沿着张恭的足迹，找到丽正书院的地址，如今这里正在大兴土木，旧城改造工程正在阔步前进。不除旧焉能出新？没有旧民主主义革命，也就不存在新民主主义革命。革命的道路正是在废墟中开辟出来的。

在寻找张恭足迹时，我想，在大刀阔斧建新的同时，能保留一点该保存的遗迹该多好。

四世一品

> 我常常是做这样傻想的痴人，
> 总觉得自己会在那儿寻觅到
> 一些将失去又该保存的东西。
> 于是，我又从将军路来到后街。

金华两街改造后的后街，高楼林立，早已无法辨认那座曾在金华府闪耀过魅人光彩的四世一品大院了。

其实，我无意去探寻四世一品大院过去辉煌的历史，也无意去寻觅那些烟消云灭在废墟中的身价赫赫的人物。

今天，我想探寻的是金阿苟家。金阿苟是辛亥革命中起过重要作用的终南会中人。据说，当年他在兰溪门开了一家茶店，作为会党的联络点。张恭听了他学长蒋乐山讲的刘家福起义的故事之后，对终南会十分神往，对终南会的义举更是十分敬仰。为了结交终南会党人，他多次约蒋乐山到金阿苟茶店去喝茶，想在这里找个机缘与终南会接上关系。而张恭的频频出现，却让金阿苟生疑，把张恭当作官府派来的暗探，幸好有蒋乐山从中解释，才使金阿苟疑团消释。经过多方了解考察，金阿苟不仅与张恭结下了深厚情谊，后来还协助张恭自开山堂，创立龙华会，他自己也从终南会转而加入龙华会。

据说，当年金阿苟就住在四世一品大院内。秋瑾、徐锡麟准备浙皖起义时，为了联络龙华会首，曾多次来金华。秋瑾跋山涉水，自绍兴经诸暨到金华，就住在四世一品金阿苟家。

今天，我再一次来到四世一品旧址，一幢幢高楼拔地而起，到哪里去找金阿苟、张恭、秋瑾的足印呢？

府城隍

我仿佛走到了一扇垂着茑萝的

紧闭着的门外，在那儿

听隐匿不住的蟋蟀的鸣声，

我将试向它们探问，

显然，我是不可能得到回答的。

我来到丽正书院紧邻的吕成公祠。这里曾经是我童年就读金中附小时上劳作课、音乐课的地方，陈迹依稀可辨。这里也是早年张恭从事"反清排满"的一个工作据点。光绪三十年（1904）5月14日，张恭在这里办起了金华有史以来的第一份报纸，名为《萃新报》。严格讲它不是报而是刊，一份半月刊。它是为辛亥革命鸣锣开道的喉舌，农历每月初一、十五出版，用连史纸、木刻活字印刷。在这遗址上当然无法找到它，连吕成公祠也早随着历史湮没。

于是，我又走过文昌巷来到尚有遗迹可寻的府城隍，这里尚保存着一座前厅、一个雨台。

看到雨台，我仿佛看到童年时代的张恭，当府城隍内有锣鼓响起，他就会从文昌巷的故居出来，赶过来看戏。对戏曲的强烈爱好，让张恭从小学会吹拉弹唱，也为他后来从事民主革命活动准备了条件。他一身主持两个戏班，走遍金、衢、严、处四府城乡，既可作为革命活动的掩护，也可为革命做宣传。

走到府城隍雨台前，仿佛还可以听到张恭的声音："皇帝不种田，当官的不种地，吃的山珍海味；老百姓睡半夜、起五更，一年受劳累，做死做活，到头来还是受冻饿肚皮。这是什么世道、什么理？"

点滴遗迹虽仍在，但逝去的毕竟已经逝去，除了想象之外，还能看到多少、听到多少呢？

这时从雨台的屋檐下飞过一对麻雀，叽叽喳喳，好似在诉说世事的变迁。

《婺星》2001年第3期

神秘的砂捞越①

这是个充满神秘色彩的地方。

早在童年时代，我便在地图上寻找过这片谜一样的土地。那时我只知道碧波翻腾的海浪中有座神奇的岛屿叫婆罗洲，一直向往着有一天能踏上这片土地，后来才知道砂捞越正是婆罗洲上的一个最富神奇色彩的地方。两年前我应邀去马来西亚讲学时，便曾想去探奇，终因行程匆忙未能如愿。这次有机会再次去马来西亚巡回讲学，我就向邀请方提出，希望能在砂捞越安排一两场演讲，以便了却自己的心愿。

梦想中的王国

出发前心情免不了有点激动，因为对我来讲，砂捞越毕竟是个既向往又很陌生的地方，在我心中是个谜一样的地方，我曾找了一些相关的书籍和资料来了解它的历史，熟悉它的风土人情。

这是一块具有150万年历史的土地，早在石器时代就已成了人类生

---

① 今天称作沙捞越。

命的摇篮——在茂密的森林深处，有着原始人类活动的踪迹；考古学家还曾在砂捞越的尼亚石洞里发现了4万年前的原始人的遗骨化石。这里有20多个民族世代繁衍生息，一直过着比较原始的生活。

19世纪，一个名叫詹姆士·布鲁克的英国探险家踏上了这片被热带雨林的浓荫覆盖着的土地。这个1803年4月29日出生于印度贝拿勒斯城的英格兰人，他的父亲汤姆斯·布鲁克是英国东印度公司在印度的一名职员。小詹姆士16岁便加入东印度公司的军队，当一名旗手。当时英帝国正处于向外扩张时期，与许多"鲁滨逊"型的冒险家和野心家一样，詹姆士也从小富于冒险精神，野心勃勃地窥视着东南亚。1835年，他的父亲去世，给他留下3万英镑，使他对东方的冒险事业更具雄心。他曾说："与其从历史中了解别人怎样建国，不如自己亲身体验如何建立自己的王国。"于是他用父亲留下的遗产，买了一艘载重142吨的轮船"皇家号"，并在船上配置了武器装备，还写了一本叫作《婆罗洲探险》的航行计划书，向英国政府提出一整套贸易和殖民的新政策。就这样，他开始了在东南亚的探险，寻找"梦想中的王国"。历经了一番生死搏斗，他终于在砂捞越这块土地上实现了毕生的梦想，成为砂捞越第一个白人拉惹①（Rajah），地位相当于国王，建立了砂捞越历史上的布鲁克王朝②。王位由詹姆士传给他侄儿查理士，查理士又传给他的儿子，从1841年到1941年，布鲁克家族统治砂捞越达100年之久。1946年，第二次世界大战之后，砂捞越沦为真正的英国殖民地。

---

① 东南亚以及印度等地对于领袖或酋长的称呼。

② 沙捞越原属文莱统治，詹姆士·布鲁克帮助文莱苏丹平息了沙捞越的叛乱，成为沙捞越的管理者。后詹姆士宣布沙捞越脱离文莱成为独立王国。

1963年经过全民投票后，砂捞越加入马来西亚联邦，结束了英国的殖民统治。

今天，在日新月异的现代化道路上，砂捞越仍保持一定的原始风貌，有着许多民情风俗各异的族群，他们信守各自的古老习俗，整个州就如同一个五彩缤纷的人文博物馆。而且这里自然资源丰富，森林茂密，有许多优美的景点，仍然是旅游者"梦想中的王国"。

天然的森林公园

我是在结束大马各大城市的讲学活动后，从新山飞往砂捞越的。10点20分起飞后，越过海洋，便飞临砂捞越上空。

从飞机窗口俯瞰大地，在郁郁葱葱的森林中，川流不息的大河好似匍匐在丛林中的巨龙，湍急的流水，将浓密的热带雨林分割成一块块形状不一的绿地，就像一块块晶莹的翡翠，给人一种清新的美感。

一个多小时后，飞机便在砂捞越古晋机场降落。按照行程安排，当天在诗巫住，所以我没有出机场，在候机厅等了两个多小时，乘14点50分的班机去诗巫。

出了诗巫机场，诗巫省华人社团联合会的江宗渺先生已在等候，他亲自驾车送我和老伴去宾馆。江先生祖籍福建，他自己却是诗巫土生土长的华人，很健谈，当他知道我俩是第一次到砂捞越，就滔滔不绝地给我俩介绍起这片神奇的土地。机场离住地较远，需近半小时的车程。他边驾车边跟我俩聊。

从他的口中，我对砂捞越有了更多的认识。这是马来西亚最大的一个州，占马来西亚总面积的37%，有45 000平方英里^①，人口200万。这里有全世界植物品种最多的热带雨林，拥有全世界最丰富的森林生态和各色各样的花，即使最老练的花工也难以一一数清辨明。在砂捞越森林中有一种莱佛士花，直径最长可达100公分^②，真可称作"王者之花"。它是以发现者的名字命名的。它没有固定的开花季节，花朵的孕育期长达9个月，而开花时间仅有5天，且以第二天最迷人、最令人心醉。

在浓密的雨林中，还有许多珍禽异兽，如长鼻猴、长臂猿、猩猩。砂捞越一公顷森林中所拥有的动植物物种，多于整个北美洲。这里的一棵树可以为2 000种生物（包括昆虫）提供丰富的生命源泉。

整个砂捞越就是这样一座童话般的天然森林公园。看着公路两边飞快掠过去的丛林，我好似沉浸在童话故事中，心想：这里的森林真是大自然赐给人类的伊甸园啊！

诗巫是座美丽的城市

正当我听得入迷时，江先生说："到了！"

轿车停在诗巫的百乐门大酒店门前，我们办好入住手续便在酒店小憩。

休息后上街观光，诗巫果然名不虚传，是座美丽的城市。它是砂捞越中部的门户，马来西亚最长的河——秀丽的拉浪江就在城边静静地流过。

---

① 1平方英里约等于 2.59 平方公里。
② 厘米的旧称。

走在街上，我仿佛回到祖国的福州市，随处可以听到人们在用福建话交谈。这个市大约有20万人口，其中华人要占四分之三，而这里的华人的祖先大多是来自福州。据说福州人是这里的"开市功臣"，没有一代又一代的福州人，就没有今日繁荣富庶的诗巫。他们不仅口讲福州话、身穿福州的服饰、住福建式的民居，而且保留着福州的风俗习惯。有人说诗巫是"福州城"，一点也不过分。

　　诗巫市内有许多引人入胜的景点——有风光旖旎的山水公园，有原住民交易土特产的农贸市场，有市民活动中心的小型博物馆。

　　最让我难以忘怀的是城边的拉浪江。站在岸边，碧绿的江水静静地从你脚下流过；远眺对岸，在浓绿的雨林中点缀着红瓦白墙的别墅。全东南亚最美的七层观音塔就坐落在拉浪江码头附近，这里吸引了众多的异国游客。

　　诗巫码头也是值得一去的景点。每天太阳刚升起，外形似飞机的蓝白色游艇就在码头一字排列着，恭候着海内外的游客。这是游览拉浪江两岸风光的起点，乘上游艇就可潇洒地畅游砂捞越许许多多原始美景，既方便也很安全。

　　漫步观光诗巫街景归来，匆匆用了晚餐，夜色便慢慢暗下来，诗巫城里到处是色彩斑斓的霓虹灯。主人驱车带我去诗巫省华人团体联合会所演讲时，特地穿市而过，让我饱览诗巫夜景。只见夜市熙熙攘攘，比白天还要热闹。

　　华团公所是一幢崭新的三层建筑，雄伟宽敞，刚于两年前落成。诗巫的华团成立于1977年，共有近百名团体会员。他们十分重视华人文教事业的发展，从邀请我举办儿童文学讲座一事就可见端倪。当晚，署理会长蔡雄基先生、文教公会许赞礼先生等一批华团领导人也赶来听讲，使我十分感动。与会的百余听众也都全神贯注，可见砂捞越华人社会对弘扬中华文化的重视和对下一代健康成长的关心。这又给我留下一个难忘的记忆。

猫城古晋

第二天上午飞回古晋。

古晋（Kuching）在马来语里便是"猫"的意思。而这个城市里多猫，猫又成了古晋的象征。

这座拥有近50万人口的城市，是砂捞越的首府，也是砂捞越南部的门户。它虽然坐落在婆罗洲的热带丛林中，但并不是想象中那样落后，而是一座交通发达、高楼林立的国际大都市。

砂捞越总人口200万多一点，古晋占了四分之一。尽管砂捞越拥有27个民族，但伊班人和华人的数量就各占了总人口的三分之一，而马来人只占了五分之一。古晋市则是华人的天下，尽管官方语言是马来语，但商业领域更多是用华语和英语，走在街上，处处可以听到带福建腔的普通话或福建方言。

午餐安排在居士林附近的一家俱乐部，由居士林林长蔡明田先生做东，他请来当地政要（如中国驻古晋领事馆的领事）和名人（如我多年的老朋友、马来西亚著名的诗人吴岸先生）作陪。在万里外的他乡见到老朋友，也是一件人生乐事。诗人吴岸不仅将他的诗集送给我，还送了一部他的历史专著《砂捞越史话》，帮助我了解砂捞越更多的奥秘，揭开神秘的砂捞越的一层层面纱。

行程安排得十分紧凑，我连去古晋市中心走一走的时间都没有，只得在俱乐部附近登上高耸入云的瞭望塔观光。

在陪同人员的指引下，在塔顶可眺望到市中心雕刻精美的标志塔，不仅塔顶塑着猫，塔座四周都有猫塑。全城到处都可以看到猫塑，真是一座名副其实的猫城。

在塔上还可以看到多个博物馆。博物馆是古晋的一大特色，有华族历史文物馆、伊斯兰教博物馆、热带雨林–木材博物馆、猫样展览馆……真是个博物馆城。其中规模最大的是砂捞越博物院。这是一座于1891年开放、有着百余年历史的博物馆，展出内容丰富多彩，包括砂捞越的历史、人类发展史、考古文物、华族的陶器和家具，还有花瓶的专门展区。据说它竭尽全力收藏了许多价值不菲的婆罗洲文化遗产。游人都是免费入院参观的。博物院内还设有植物园和水族馆供游客观赏，建有英雄纪念碑供人们凭吊，还备有书店和纪念品商店供应有关书籍和纪念品，让游人选购留作纪念。陪同人员再三提醒我："这是东南亚最有历史价值的一座博物馆！"叮嘱我千万不要错过！写到这里，我不禁感叹：与古晋规模差不了多少的金华市，却连一座博物馆也没有，作为金华人的我，不能不感到脸红。①

下了瞭望塔，还是留了一个遗憾，因为当晚我在居士林办了一场儿童文学讲座后便于第二天凌晨在大雨滂沱中离开了古晋，与砂捞越轻轻地道了一声"拜拜"，最终还是挤不出时间去参观一下那座"千万不可错过"的砂捞越博物院。我带着遗憾的心情飞往吉隆坡，转机回上海了。

何日才能真正揭开砂捞越的神秘面纱呢？

我心里暗暗地回答："再见！砂捞越，我会再来的！"

《金华晚报》

---

① 金华市博物馆启用于2015年。

汉城①掠影

我来了，汉城

近了，近了！我按捺不住心跳，遥望远处一片璀璨的灯光，我多么想早一点撩开这个异国都市的面纱啊！

走出火车站，我走进了一个陌生的世界。

霓虹灯像无数妖媚的眼，凝视着我这个老外，我却以好奇的眼审视汉城的一切。

全韩4 800万人口，竟有四分之一强的人聚集在这个四面环山的盆地城市里。多宽阔的城市，多拥挤的城市！

这里夜夜不眠，

这里日日不息。

个个行色匆匆，

处处繁忙景色。

① 今韩国首都首尔。

我曾沿着汉江漫步，观看这个城市的流行色；也曾攀登南山公园之巅，眺望全城的万家灯火；又曾潜入市区的地铁，探索这儿的民情风俗；还曾在景福宫四周徜徉，寻找她过去的辉煌……留在我眼底的都是瞬间，有美丽的，也有隐藏在美丽背后的丑恶，也许这仅仅是我匆匆行旅中的一个浅识。

汉城，我来了。我只是个匆匆的过客，像一朵云，飘忽地来，又飘忽地去，一朵烟云就是一个梦。

我不想做什么评说。

汉城，我来了。我要把发自内心的问候、我的诗句，让汉江带着，和无数繁华的故事一起流去……

在长安会馆

这个不太显眼的会馆坐落在城北区钟岩洞，沐浴着初秋的阳光，光彩熠熠。

中韩儿童文学讨论会的会场布置得井井有条。韩国的朋友以传统的隆重仪式，欢迎我这位远方来的同行。

韩国文学界的老前辈朴京钟赶来了，他把自己亲笔挥毫的墨宝"琴香满庭"送给我。

韩国儿童文学学会会长李在彻教授特别神采焕发，他那双快乐的眼睛在微秃的脑门下闪烁着智慧的光芒。

老作家申铉得先生、年轻学者崔志勋先生、童话诗人郑镇埰先生，还有很多很多我不认识的同行，为了孩子，为了明天，走到一起来了，握手、问候，好似有说不完的话。

大家有许多共同的语言，有时甚至不用翻译，一个眼神或一个手势，就露出会心的微笑。

也许是共同的追求，突破了语言的隔阂。

也许是有一样的目标，就会心有灵犀一点通。

这个洋溢着欢声笑语的会馆并不太宽敞，但每个人的心中都有一个广阔的世界。

赴李在彻教授家宴

"欢迎，欢迎，中国来的朋友。"

在两只小狗的欢吠声中，李教授迎出门来。

听说韩国朋友一般不在家里宴请客人，这次家宴是个例外。我伸出手去握着李教授那只有点干瘦的手，一股暖流涌上心头。

色彩缤纷的朝鲜佳肴，是那样美味可口。

香味醇郁的韩国清酒，是如此沁人心脾。

令人垂涎的高丽泡菜，只要一筷就会上瘾。

并不起眼的汉城白饭，吃了一碗又添一碗。

为了我这个远方的客人，李夫人整整忙了一天。我真不知道该怎么表示感谢。

如今已过去一个多月了，翻开从汉城带回来的相册，每一张照片上仿佛还跳动着李氏夫妇那好客的红心。

在檀国大学讲台上

在这个拥有五十多个专业、三万多师生的大学的讲台上，我带着自己的信仰，向韩国的朋友介绍中国童话的昨天、今天和明天。

台下的听众，有教授，有大学生，他们的神情都是那么专注，投过来的每一道目光，都给了我无穷的力量。

激励的掌声，给我增添了自信。我的声音已不仅仅是我的，仿佛那发自我喉头的声响，已幻化成祖国的形象。

我讲的是中国这些年来幻想王国里的创造和发展，讲着讲着，我的童心也在这幻想的王国中驰骋了。

当我结束了这次"特别演讲"，从韩国大学生手中接过鲜花时，我仿佛也变成了一个孩童。

在高丽大学博物馆

这是韩国三所最著名的大学之一。

韩国诗人许世旭教授陪我参观高丽大学博物馆，这里有汉江流域的出土文物，有形形色色的民俗资料，有历代文化名人的书画，有朝鲜民族的传统工艺品……许教授如数家珍般讲述他祖国的骄傲。

尽管这所古老的大学全是清一色的剑桥式的建筑，许教授却告诉我："我们韩国人，不管你地位多高、家财多富，也不管你多爱时髦，谁如果乘坐外国进口的洋轿车，谁就会被人取笑。"这确实值得自豪。

尽管这"亚洲四小龙"①之中的头一条龙也有这样那样的问题，但作为一个国家，仅凭这一点，就令人肃然起敬。

---

① 指 20 世纪 60 年代末至 90 年代，亚洲四个发展迅速的经济体：韩国、中国台湾地区、中国香港地区和新加坡。

在金浦国际空港

在一个阴沉的雨天，我结束了在韩国为期两周的访问，要走了。

我的心中响起带点不舍情绪的骊歌。

再见吧，汉城！再见吧，韩国！

飞机终于离开地面，我亲爱的韩国朋友此刻一定透过候机室巨大的玻璃窗，向长空凝视吧。我也从机窗向下俯视，想向他们招手，可是窗外已是白云一片，关山万里……

《小溪流》1994年第3期

京都之旅

京都

这是历史名城，如诗如画，多少人来这里访古觅迹、探胜寻幽。

可是，今天来自环太平洋十来个国家的二百多位代表，聚会在这古都，既不是访古，也不是探幽。他们带着人类的嘱托，怀着对明天的希望，来到这里共同探索在这多样化的传媒时代，如何捍卫儿童的权益。他们关心着孩子们的读书环境，关注着家庭、性以及漫画、画册、动画、电影、电视等对孩子的影响。

这二百多位与会者，其实都已上了年纪，满头的白发就是最好的证明。但一踏上京都这块土地，他们仿佛顿时变得年轻了。

这里用的都是春天的语言，谈得最多的就是儿童文学这朵永不凋败的花。

胸怀着一颗童心的人，就会永远年轻。

在国际文化交流中心

每一位进入会场的人，仿佛都变得通体透明，可以清晰地看到他们胸腔里跳动着的那颗童心。

日本儿童文学作家今江祥智的发言，一次次引爆全场，那畅快的欢笑，多像孩子遇上开心事。

加拿大的西拉·A.伊格芙，这位十七年前倡议并主持召开了第一届环太平洋儿童文学会议的老太太，好似来自永无岛的彼得·潘[①]，永远那么纯洁、天真！

也许孩子们期待的目光，照亮了大家的心灵，激励了每一位与会者。

阳光和鲜花，永远属于我们。

罗纳德·乔伯教授

啊，久违了，罗纳德！在召开欢迎会的大厅里，我一眼就把他认出来了。距第一次见面已七年多了，他还是那么年轻，那么充满活力。他用一种久别重逢遇挚友的眼神望着我，我赶忙伸过手去，两双友情的手紧紧地握在一起，一股暖流涌上我心头。

人们一口一个"主席先生"地称呼这位加拿大哥伦比亚大学的儿童文学教授，如今他是国际儿童图书评议会的主席，格外受到人们的尊敬。

---

① 英国作家詹姆斯·马修·巴利的代表作《彼得·潘》中的主人公。

今天，儿童读物面临商品经济的冲击。如何为全世界的儿童出版优秀读物，并把他们从电视荧屏前吸引过来，成为乔伯思考的第一重大课题。乔伯说："目前世界上有一种令人担忧的倾向——儿童的书成了纯粹的商品，利润成了第一位的目的，好书不一定能赚钱而受到冷遇，而赚钱的书中有许多是文化垃圾，却成千上万地涌进市场，涌向孩子。"

啊，乔伯，你的担忧正是大家心里想的。让我们共同为世界儿童读物开创一个新的美好的前景！

希望在明天

当我走上讲坛，我突然感到自己竟是那么坦诚，那么纯真。

我说，我的童年时代是一个悲苦的年代，不仅没有儿童图书馆，连一本像样的儿童读物也难得。

今天，我的祖国，处处为儿童着想，为孩子们创造了一个良好的读书环境。不仅大城市里有儿童图书馆，每个地方图书馆里都有儿童阅览室，连穷乡僻壤也都可找到儿童读物；而且，首都北京正在筹建国际儿童图书中心。书店里陈列着五光十色的书籍，还有许多家出版社源源不断地为儿童出版读物……

当然，我们还有不少困难和问题，但就像"希望工程"一样，希望在明天。

《人民日报》1994年1月31日

啊，纽约

　　一个人一生中的遭遇，当然有不少意料之中的事，但更多的事却是意料之外的。例如这次派我参加中国省属高校赴美考察团，就是一件十分意外的事。

　　这个考察团由津冀鲁豫陕吉湘浙八个省属重点高校的正副校长组成，10月19日从北京出发。我们乘的波音747飞机飞行了12小时后，安然到达美国旧金山机场。我们访问的行程，是从纽约到康涅狄格州，再从康州到华盛顿，又从华盛顿到爱荷华州，最后经旧金山回国。其间，我们考察了十所高等学校及其他一些教学机构，还游览了一些名胜古迹，历时22天，来回行程四万公里，几乎全是马不停蹄，走马观花。所以，随手写的一点手记，也是耳闻目睹的浮光掠影。

　　啊，纽约！

　　每个初次到美国的外国人，一踏上纽约的土地，大概都会发出这样的惊叹。

　　这是美国的第一大城市，也是美国最大的终年不冻的海港。美国其他城市街道上行人不多，只有纽约街上熙熙攘攘，人来人往。全市八百多万人口，几乎包含了人类所有种族，白、黄、黑、棕，色色齐全，仿佛是个世界最大的"人种博物馆"。不管是生活在这里的或是行经这里的，都根据自己的爱好自由地打扮，穿着各式各样的服装，让人觉得这个城市又好似一个无奇不有的时装展览会。

这是世界上最富金钱色彩的大城市，美国垄断组织和金融机构的集中地，也是资本主义世界的金融中心。美国十大垄断财团，全都聚会在这个纸醉金迷的华尔街上钩心斗角，想把对方一口吞下。

每个大资本家都想在纽约占有一席之地，使得这个城市寸土寸金，迫使大家向上争取空间——房子愈造愈高，街的两侧，摩天大楼高耸林立，置身其间令人产生恍若走进巷道的感觉。坐落在曼哈顿区的华尔街是纽约市的缩影。这是全美金融中心的中心，全国十家最大的银行，就有六家的总行设在这里。500公尺的一条短街是美国金融帝国的象征，气象是那么豪华，色彩却那么阴暗，走在这样一条不协调的街道上，令人产生一种不适的感觉。

这个号称世界上最繁华的城市，是个享乐的王国，又是一个罪恶的渊薮。贯通曼哈顿区，长达29公里的百老汇大街，即使在她怀抱里浪荡十年，恐怕也难以记准她到底有多少个剧场、多少个影院、多少个舞厅、多少个夜总会、多少个按摩院。

在绝大多数人眼里，纽约是个粗俗的都市，但这仅是一面，另一面，她又是一个历史名城。我们走过城市的每一条街，都好似翻过历史的一页。在这里，你还可以寻找到16世纪荷兰殖民者最早的足迹，也可以搜觅到美国独立战争期间华盛顿的司令部的遗迹。走过高耸入云的帝国大厦，你就会联想起当年纽约成为美国临时首都时的体面气派；面对港口自由岛上那巍然矗立的自由女神像，你耳边仿佛就会响起华盛顿在这里就任美国第一任总统时，就职典礼上的隆隆礼炮声……

这是我在童年时代就已听说的大城市，当我横跨太平洋又越过美洲大陆，在夜色茫茫之中，从机窗俯瞰她朦胧的面貌时，我的心在跳动，我觉得自己已经有点眼花缭乱。从数千公尺的高处向下望，只见红的、黄的、蓝的、绿的、橙的、白的，星星点点，错错落落，密密麻麻，布满了一大片，千灯万盏，一齐迸发出绚丽的光焰。我似乎感觉到这当中有几点娇艳邪恶的光在闪耀，这时我也情不自禁地发出了一声惊叹：啊，纽约！

《浙江师大报》1985年12月15日

华盛顿街头一瞥

美国这个繁华富有的国家，在多少人的心目中都是人间的天堂，而她的首都华盛顿则成了天堂里雄伟瑰丽的宫殿。

可是，天堂并不是没有阴暗的角落，宫殿也不是每根廊柱都无比灿烂辉煌。

我曾在这个人间的天堂里生活了22天，也曾有幸成为这座宫殿里的贵宾。我瞻仰过庄严的白宫，访问过巍峨的国会大厦；曾漫步华盛顿纪念碑前芳草如茵的草坪，也曾流连忘返于波多马克河边的樱桃林。然而较多的时间，还是在匆匆来去中经过的那些网络状的街道上度过，这些街道给我留下了浮光掠影的一瞥。

乞讨者

我从一家餐馆出来，走不多远。

一个黑皮肤的大汉伸出了大手，挡住了我的去路。

他是流浪汉吗？他背上没有行囊。

他是乞讨者吧？他手上没有拐杖。

他那黑黑的脸上，有着人世的风尘，两眼陷得很深很深。

他神情麻木，步履蹒跚。

他那呆滞的神态，仿佛告诉人们：他从未有过温暖，也从未有过幸福。

他用乞求的眼光看人，木然地伸着手，最后终于用沙哑滞涩的英语说："可怜可怜我吧！"

他的声音是悲怆的。

他的眼神是忧悒的。

"你是一个无家可归的流浪汉？还是有几个嗷嗷待哺的小家伙留在家里？"

我想问又不敢问。

我怕这会牵引起他一连串无穷无尽的凄楚的心事，我也担心了解到他不幸的身世后，作为异乡人，我又能给他多少有成效的帮助。同情不值钱，可由此带给自己的感情负担将会更重。

我怕看他，但又无法自制。

他那呆滞的神情，似乎在告诉人们：没有希望，也没有失望。

他那沙哑的音调，仿佛让人听到：一声叹息之后又留下一阵沉重的呻吟。

华盛顿啊，华盛顿！你那五光十色的繁华大街，难道就是他心头荒凉的沙漠？

他那盲目伸向行人求乞的手，又能收到多少同情和怜悯？难道他会相信，在这个天堂里，能够依赖人们的怜悯和同情活下去？……

我把口袋里仅有的一张纸币递给他，转身匆匆离去。我不敢回头再看他一眼，我的心沉得好像不能跳动。

流浪汉

夜深了。

大街上的商店大多已经打烊。

我想观赏一下这座童年时代就曾神往的城市的夜景，独自漫步街头。

走到第十九街转角处，只见一家豪华公司的门廊下，有个人蜷缩在地上，身上披着一块塑料布。这时，夜的半透明的雾好像笼罩着整个都市，也笼罩在这个流浪汉身上。

"你是流浪倦了，才选择这既繁华又庄严的城市的一角，作为自己暂时安息的处所？"

我想，他也许是个储藏一串悲凉故事的老头吧，也许是个跟命运开够玩笑的年轻人，也许是个在黑暗中祈求光明的瞎子，也许是个幻想与风云竞走的跛脚者……

但是，不管怎样，他总是一个令人一掬同情之泪的悲剧角色。

我暗忖，他内心必然饱含哀怨，他脸上定会流露出几许凄苦。

生活在天堂的流浪汉，多像一朵流浪的云，在蔚蓝的天际飘浮。

啊，在这个号称"世界上最富有的国度"里，居然也有露宿街头的流浪汉。今夜，在这富饶美丽却又冷酷无情的人间，你一定是感到了不可抗拒的倦乏，躺下了，在这个阳光照不到的角落，孤单单的一个人。是的，他是孤单的。他一定感到很寂寞。为了摆脱这恼人的寂寞，他在冰凉似水的水泥地上，早早地睡着了。

我轻轻地走过他身旁。

他好似睡得挺香，把自己甜蜜地蜷缩成一团，进入了梦乡。也许是长途跋涉使得他急需恢复体力？也许是不胜生活的负荷，寻求一个梦暂时安慰自己倦乏的心灵？

夜空的繁星在他头上闪烁，这光能照亮他疲惫的心吗？

我又回过头来看他一眼，默默地为他祝福：但愿今夜他有一个美好的梦，在漫长的旅途上，把眼睛的光芒投射到阳光灿烂的前方……

一瞥留下的断想

世界毕竟还不是那么完美无缺的，人间的天堂还有待更多的人用血汗去建造。

可是，华盛顿街头一瞥留给我的感念，更是时时引发我对于更美的天地的强烈的向往、执意的追求。届时，在我们自己贫瘠的土地上，将会有一个比天堂更美的人间乐园。这是深埋在我心底的信念。

《三月》1986年4月号

贺敬之同志到我家做客

听说贺敬之、柯岩夫妇要到金华参加首届中国艾青诗歌节，我心情有点激动，于是打电话给槐荣同志想证实这一传闻。事情也真无巧不成书，正好市里派他和战堡同志去机场迎接，他们正苦于从未与贺老夫妇见过面，怕接个空，我便主动请缨，愿意与他俩赶往萧山机场迎接这对贵宾。

冒着迷蒙的江南春雨，在高速公路上走了一百多分钟，赶到萧山机场，离航班到达还有半个多小时，我们就在机场茶室小憩。下午两点零五分，航班到达，便到出口处等候。我因与柯岩比较熟悉，又因自己视力不好，为便于从旅客人流中发现迎接对象，便更多注目女性旅客。但一直到本次航班旅客走完，也没见到柯岩。这时槐荣同志发现出口西侧有一位儒雅的长者和一位年轻人在焦急地等待着，跑过去一问，正是贺老和他的秘书。于是我也赶过去握手问好，才得知柯岩同志因病不能同行。于是我们一起离开机场，仍在春雨霏霏中往回赶路。

在途中，我与敬之同志谈起1986年10月底邀请他夫人到浙江师大讲学时的轰动场面。当时全校师生热烈欢迎的盛况，在我当师大校长期间，只有另一次邀请自卫反击战英雄报告团演讲时能与之相比。在闲聊中，也聊到那次柯岩到金华时，我赶去车站迎接，既狼狈又尴尬的情景。因为在20世纪80年代中期，那年月的金华，完全是农村型城市，既没有出租车，也没有公交车，甚至人力三轮车也难见踪影。柯岩是10月31日凌晨乘火车到达金华站的，前一天我在师大叫办公室派好车，说好在火车到站前一小时到我在市区胜利北街的宿舍，载我一起去车站。我怕睡过头，就早早地起来等着，可是等到离柯岩乘坐的列车的预定到站时间仅剩半小时，也不见车影。那年月不用说手机，连驾驶员家里也没装电话。我给驾驶员值班室挂了多次电话也挂不通。我只得关照老伴，让她告诉小车驾驶员沿着我指定的路线赶上来，然后我便跑步向老火车站赶。等我赶到火车站，柯岩已在出站口台阶上等着了。我告诉她，稍等片刻学校有小车会来。我与她一起焦急地等呀等，盼呀盼，同时也希望能找到一辆三轮车，送我们去宾馆。又等了二十来分钟，我只得无奈地向客人表示歉意，扛起柯岩随身带的一个大大的行囊，徒步走到金华一招（今天的望江宾馆）。到服务总台为客人办好入住手续，预订的房间又在六楼，当年的一招虽有电梯，但因是深更半夜，电梯停止使用，我又背起那个大行囊一口气上六楼。帮柯岩安顿好，我才舒了一口气，冒着秋夜的寒意漫步回家。

听完我讲的故事，敬之同志为之动容，感叹着说："啊，还有这么一回事，大学校长为她背行囊，柯岩还未曾跟我谈起过呢！"

往事如烟，但也有不少记忆犹新。边忆边聊，从萧山机场回金华不到两小时的行程，很快就过去了。五点多到达国贸宾馆，在为敬之同志安排的房间里坐下稍事休息。杨守春部长留我一起参加汤书记为贺老安排的洗尘晚宴，我因已约好晚上要为新世纪学校文学社的小朋友讲诗，婉谢后匆匆离去。

第二天接市里有关方面通知，敬之同志邀我共进午餐，我应邀赶去参加徐市长的欢迎午宴。受浙江师大领导嘱托，我在宴席上向贺老发出口头邀请，请他到师大去看看，同时我也希望他在金华期间能挤个时间到我家吃顿便饭。他与秘书商量安排了在金华的活动和行程后，决定当晚八时到我家做客，并请师大领导一起到我家。宴毕，我把这个决定性意见带回家，商讨晚上如何接待这位贵客。老伴感到这个家实在有点寒碜，说："贺老是大诗人，又是部长级的高官，在这样简陋的家中待客，是否太怠慢了？"她想到儿子装修不久的新房子，客厅比较宽敞，建议我在儿子家接待这位贵宾。我却认为还是在自己家中接待比较合适，我说："尽管贺老当过文化部部长，但没有丝毫高人一等的官架子。"我介绍了1992年到敬之家做客，被柯岩留下共进晚餐的情景，感到从晚餐饭菜到用餐时的气氛，都跟一般老百姓家庭没有什么不同。我把听到的有关贺老的一件逸事讲给老伴听：有一次大会上主持人介绍来宾时说"贺敬之先生"，贺老立即纠正："不是先生，是同志。"这些反映了他坚定的政治信仰，也反映了他平等待人的做人原则。我还翻出敬之同志的诗句做证："呵[①]/'我'/是谁？/我呵/在哪里？/……一望无际的海洋/海洋里的/一个小小的水滴/一望无际的田野/田野里的/一颗小小的谷粒……"我竭力主张还是保持本色、原汁原味地在自己家窄小的客厅接待这位来自北京的远客。因为贺老的行程安排十分紧，也就不勉强他在我家用餐，就买点茶点水果招待。

八时前，师大徐辉校长和黄华童副书记早一刻钟到达我家等候，敬之同志和他的秘书在市委金副秘书长陪伴下准点到达。我闻声赶下楼去迎接，他已略有气喘地上到二楼，我扶他上到四楼，在我家客厅坐下。我向贺老介绍了年轻有为的徐校长和黄副书记，他就十分关心地问起当

---

① 同"啊"。

代大学生的思想倾向和对马列主义的信仰，两位师大领导一一做了汇报，并介绍了师大近年的发展情况。敬之同志听了之后，知道师大学生的思想倾向还是健康的，他好似放心地舒了一口气。接着他就跟大家聊家常。我老伴回忆起18年前柯岩来我家做客的情景，谈到柯岩很想尝尝金华风味小吃毛豆腐，跑遍全城也买不到的遗憾。贺老接口说，他到金华后与他夫人通了电话，提及当年大学校长为她背行李的往事，柯岩要敬之同志到金华后一定要去看看蒋风夫妇。我和老伴都为她这份深情厚谊所感动。

时间在我们亲切的闲聊中逝去，九点半，师大领导起身告辞，说要留点时间让我们与敬之同志好好聊聊。送走徐校长和黄副书记之后，我们又坐下聊了半小时，看看快十点了，贺老也站起身要回宾馆休息。尽管还有谈不完的话题，考虑到贺老年纪大了，不好影响他休息，不便挽留，便邀请他们夫妇明年艾青诗歌节再来金华做客。贺老便叫秘书拿出两本书，一本《贺敬之短诗选》，当即签名送给我和老伴留念；另一本《诗人贺敬之》，他郑重声明："这本书我就不签名了，是诗人贾漫的著作，其中有许多溢美之词，如签上我的名，就变成我承认书中这些过分的赞美了。"多么虚怀若谷的诗人啊！

依依不舍地送走客人，我老伴感叹地说："真想不到一位部长级的高官，又是世界著名诗人，竟如此谦虚，如此平易近人，真想不到，真想不到！"我想，亲切比世界上什么东西都珍贵。2004年3月24日的夜晚，在我心中留下了一段永远难忘的回忆。

《金华日报》2004年4月2日

乐平先生为我画三毛

　　岁月像秋天的落叶一样飘逝，但埋藏在心灵深处的记忆却是永存的。三十多年前那个深秋，1978年10月11日至21日那十个日夜，在江西庐山参加全国少年儿童读物出版工作座谈会时与新老朋友相聚的情景，又从记忆深处，像放电影似的浮现出来。尤其令我难忘的是张乐平先生。

　　乐平先生以画三毛名世。"三毛"在中国可以称得上是个家喻户晓的人物，凡是读过《三毛流浪记》或看过同名电影的人，无不喜爱这个头上只有三根头发的流浪儿。

　　1947年初一个风雪交加的夜晚，张先生在回家的路上，在一个里弄口，发现有三个冻得瑟瑟发抖的流浪儿，身上披着几片破麻袋片，围着一个刚熄火不久的烤山芋的炉子，用嘴吹火取暖。乐平先生驻足默视很久，心里十分痛楚，但当时他自己也实在无力帮助他们，只得黯然离去。当他第二天一早再经过那里弄口时，三个流浪儿已冻死了两个，另一个骨瘦如柴的也冻得只剩一丝微弱的气息了，一辆收尸车正要把尸体运走……

　　这幕场景，使一向热爱儿童的张乐平的心灵受到了强烈的震撼。对被抛弃在社会底层的这些流浪儿的不幸命运，他同情，也十分关切。

他感到这世道太不公平了，决心用手中的笔，画出这些流浪儿的悲惨命运，向这个黑暗的社会提出控诉。

就这样，乐平先生的传世之作《三毛流浪记》诞生了。1947年6月15日，《三毛流浪记》开始在上海《大公报·现代儿童》上连载。一个鲜活真实的流浪儿，没有用一个文字，全用线条表现出来，他那心地善良、疾恶如仇、乐观自信、机智伶俐的性格被刻画得活灵活现，让每一位读者都感到可亲可爱。我就是在《大公报》上认识这位"三毛"的。

其实，早在1938年，我就与张乐平先生在金华见过面。抗日战争爆发后，张先生在上海参加抗战，组织了抗日漫画宣传队，担任副队长。他于战争爆发的第二年带队到东南抗战前哨的金华从事抗日宣传工作，并举办画展。一天，我到金华八咏门外紫岩路一号"刀与笔社"另一位画家万湜思处玩，有幸见到了张乐平先生。这时《三毛流浪记》尚未面世，也不知道乐平先生就是"三毛之父"。那时，我只是个喜爱文艺的孩子，而乐平先生已是名满神州的青年漫画家了。他是我非常崇拜的偶像，在我幼小的心灵中留下了十分美好的印象。而我在他眼中只不过是个十三四岁不谙世事的小孩，想来不会留下任何记忆。当我在庐山会议期间再次见到他，谈及这段往事时，他感到有点惊讶。他谈了在金华那段岁月中的一些人和事，万湜思、金逢孙、《刀与笔》、《浙江潮》、八咏楼、紫岩路……有关金华的这一切，深深地留在他的记忆里。

在少儿读物"庐山会议"即将结束的前夜，我又到上海代表团下榻的招待所看望上海儿童文学办的朋友，正好碰上张乐平先生在为向他求画的朋友画"三毛"。

当时围在他身后看他作画的人不少，许多新老朋友向他求画，都希望能得到一幅"三毛"。我是在乐平先生画的"三毛"的教育影响下成长的，当然也急切地希望能得到一幅，看到他一连画了四五幅，先后被与他有深交的文艺界朋友喜滋滋地领去了，我才鼓起勇气说：

"张先生，请给我也画一幅，可以吗？"

"当然可以，不过，今天我实在太累了，等我回上海画好再寄给你，好吗？"

我随手递过去一张名片，请他按名片上的地址寄给我。说实在的，当时我也并不抱希望，心想：他虽满口答应，也许是一种碍于情面的托词，只不过是不想让我太失望罢了，他回上海后，人事纷纭，有忙不完的事，不可能再起意为我作画，我的愿望只能一直埋藏在心底。日子一天天过去，我回家后一直没有收到他的画，这件事就慢慢地在记忆中淡化了。

到了1980年初春的一天，我突然收到一封寄自上海华东医院的挂号信。拿在手上虽做了种种猜想，但想不出谁会在医院里给我写信。拆开一看，竟是一幅"三毛"，我如获至宝。我感到分外惊喜，眼眶里不由自主地掉下泪来——张先生卧病在华东医院的病床上，仍对自己的允诺牢记于心。这时，我才深深感到"一诺千金"这个成语的分量。在生活中，我们常见到形形色色"当面答应你，转身就忘记"的人，往往见怪不怪。我收到乐平先生这幅"三毛"后，激动得彻夜没有睡着。谚云"烈火中炼金，诺言上看人"，乐平先生把自己许下的诺言看得比千金还重。看到这幅"三毛"，我仿佛看到乐平先生那颗金光闪烁的心。

《文艺报》2010年4月9日

十载事，惊如昨
——回忆戈宝权先生的金华之行

感情是个说不清楚的事物，有时会在某个地方或某一件事物上，留下难以磨灭的痕迹，并且会穿越时空，维系到天长地久。我已记不清第一次见到戈宝权先生是在什么地方，也回忆不起是在什么场合认识他的；近年因世事纷纭，俗务烦冗，也好多年没有联系了。突然收到戈老夫人梁培兰女士的来信，告及戈老近年患帕金森综合征，现居南京边休养边治病，但仍情系金华，不时想起1984年的金华之行。这封来信唤醒我一些已经淡忘的记忆。

从我和戈宝权先生淡如茶水的交往中，我深感真挚的友谊确实是人生最美好的无价之宝。女作家三毛曾在她的《谈心·谈朋道友》中写道："朋友之中极品，便如好茶，淡而不涩，清香但不扑鼻，缓缓飘来，细细长流，所谓知心也。"回顾我和戈老的交往，确实有如此的感受。记得1978年，我在浙江师范学院创建了中国第一个儿童文学研究机构，人力、物力、财力都很困难，单凭一股天不怕、地不怕的干劲，当了近三年光杆司令。后来我报请学校当局批准，于1983年聘请了戈宝权、陈伯吹、叶君健、任溶溶、鲁兵、黄庆云、郑文光、萧平等八位著名学者、作家担任浙江师院儿童文学研究室的特邀研究员。这几位鼎鼎大名的学术界名流，在没有一分钱报酬的情况下全都慨允了。这不仅是对我新创办的事业的无私援助，更在精神上激发了我做好工作的热情。

正当我以忘我的热情投入儿童文学研究室工作的时候，我又意外地被任命为浙江师院校长。这是一所基础十分薄弱简陋的小型学院，办学的人力、物力条件都很困难，连原有的教职工都千方百计想调走，整个学院处于一种动荡的局面之中。为了稳住教职工的队伍，我就任校长后的第一件事就是把这简陋的微型学院扩大并设法尽快改名为大学。要使一所学院成为名副其实的大学，就得有浓郁的学术氛围，因此我着手延揽一批名流学者来校讲学、任教。戈宝权先生首先列入我拟邀请来校讲学的第一批名单之中。

戈老是我少年时代就很敬仰的一位作家，早在抗战前，他还是位二十多岁的青年，就已是《大公报》驻苏联记者，在《大公报》《申报周刊》《世界知识》上发表极富文采的长篇报道，令我心醉。抗战爆发不久，他便回国参加抗战，活跃在新闻、文学战线，成为当年抗敌文化界的一位活跃分子，担任过《新华日报》《中苏文化》《文学月报》等报刊编务。抗战胜利后，他主要负责编辑《苏联文艺》，大量翻译、介绍外国文学作品，他翻译的《普希金诗选》至今脍炙人口，在文学爱好者中广为流传。新中国成立后，他曾担任过我国驻苏联大使馆参赞、代办，中苏友好协会秘书长，中国作家协会理事兼该会外事委员会委员，《译文》《世界文学》《文学研究》《文学评论》编委；曾多次率领文化界代表团访问苏联、东欧各国，参加文化界的友好交流活动。1957年以后，他一直在中国社科院任研究员，专心致志地从事外国文学研究，翻译出版了《谢甫琴科诗选》、《乌克兰作家弗兰科诗文选》、《塔吉克大诗人鲁达基诗选》、《我是怎样写作的》（高尔基著）、《高尔基传》（罗斯金著）、《十二个》（布洛克著）、《马雅可夫斯基诗选》、《唐克诗选》、《保加利亚诗人雅沃罗夫诗选》、《托康巴耶夫诗集》、《恰佑比诗选》、《吉亚泰诗选》、《拉扎尔·西理奇诗选》等数十种作品，对我国的外国文学研究、中外文化的交流做出了显著贡献，是我国一流的学者。

我当校长后，第一位来到浙江师院讲学的学者就是戈宝权先生。记得1984年春暖花开的三月下旬，戈老便偕同他夫人梁培兰女士来到金华。这位曾任驻苏大使馆代办的学者，又是我国文化界的名人，却悄然来到金华，我还来不及去车站迎接，伉俪俩已来到学校。当时我正在主持校务会议，等有人来告知戈老夫妇已到，我才匆匆结束会议，赶到招待所去看望。一位名人竟如此朴实无华，使我感动不已。戈老才高学广，但他从不凭恃自己的才学而轻人傲世、妄自尊大，与他相处，处处可以感受到他平易近人的学者风度。我陪戈老夫妇在校园里走了一圈。当年的浙江师院校园，坐落在还很贫瘠的高村的山背，设备简陋，林木扶疏中点缀了一些土生土长的栀子花，一派山野风貌。戈老却连声称赞："这是个读书的好地方。"

第二天，戈老在浙江师院礼堂举行了一场盛况空前的学术讲座。他从不久前访问苏联谈起，谈到中外文学关系和文化交流。学识渊博的他，面对数千听众，娓娓而谈，谈到动人处，礼堂里掌声雷动，有时他又以幽默的言辞，赢得满座欢快的笑声。尽管戈老的普通话带着浓重的苏北口音，但丰富的内容、生动的事例紧紧地扣着听众的心弦，全校师生为之倾倒。这是我当校长后请到浙江师院讲学的第一位学者名流，不仅扩展了全校师生的学术视野，对我这个初出茅庐的校长来说，无疑也是一种精神上的支持。我深切地感受到，友情确实比世界上任何东西都珍贵。

戈老在金华逗留期间，我陪他参观了侍王府。这座全国重点文物保护单位，也是我国现存太平天国遗址中建筑规模最大、保持原貌最完整以及保存艺术品最多的一处，因此他带着浓厚的兴趣，对陈列的每一件实物都仔细观赏——旌旗、弓箭、盾牌、古炮、标语……无不留下戈老细细揣摩的目光。当然，戈老最感兴趣的还是侍王府保存完好的119幅壁画。当戈老走到《樵夫挑刺图》前时，他看到画家把樵夫挑刺时那种全神贯注的神态刻画得惟妙惟肖，赞不绝口："难得，难得！这是一批难得的文化遗产！"

从侍王府出来，我陪着戈老夫妇沿着古子城的八咏路，登上因沈约《八咏》而得名的八咏楼时，戈老脱口吟出李清照当年的《题八咏楼》诗："千古风流八咏楼，江山留与后人愁。水通南国三千里，气压江城十四州。"这个历代诗人骚客会文吟诗之处，也给他留下风流千古的难忘记忆。

本想第二天陪他夫妇俩上北山畅游双龙，但因戈老的女儿即将出国，梁培兰女士急着要赶回北京团聚一次，戈老连说："下次有机会，我可以再来金华嘛！"

宋朝毛开《满江红》词云："十载事，惊如昨。"回想当年在金华市第二招待所促膝夜谈，戈老一再说今后还要来金华，还要来浙江师院讲学，他的神情笑貌至今历历在目，记忆犹新。但世事倥偬，戈老那年离开金华后，一别不是十载，而是快十五年了，真有"秋光易老，故人千里"的感叹，但愿有一天能再与戈老相聚婺江之滨，共话西窗，偕游双龙。

今天，我展读梁培兰女士的来信，默祷着戈老早日战胜病魔，恢复健康，践履"再来金华"的诺言。遥望窗外的明月，我脑际漾起苏轼的名句："但愿人长久，千里共婵娟！"

《金华周报》1999年1月10日

半个世纪的一段翰墨缘

　　1947年我患牙疾，找到杭州延龄路①易昭雪牙科诊所修补牙齿。易昭雪医师是我家世交，我父亲在衢州工作时与他父亲友谊深厚，两家常有来往。易医师在杭州开的诊所规模不大，在胜利剧院斜对面，仅一间门面，但易医师当年在杭州却是一位很有名气的牙医师，因此我特地从金华赶到杭州去请他镶补牙齿。那时，正好丰子恺先生也在他诊所就医，丰老口中留17颗牙齿，"不但毫无用处，而且常常作祟"，使他受苦不浅，易医师劝丰老全部拔去，另配整副的义齿。由于同时在易医师处就医，我有缘与丰先生相识，易医师还主动为我向丰先生求画。当年，我是个刚出校门的大学毕业生，而丰老是著名的画家、作家、音乐家，想不到他竟欣然应允，更高兴的是不几天，他就把一幅风格独特的彩墨画送给我了。

　　这幅画题目是《家家扶得醉人归》，点明画的是春季的社日。画面上是一角茅屋，数行轻飘的垂柳做衬景；正中画着两位社日尽醉的人，由家人搀扶着归去，简明地突出了原诗的意境。左上角画题一侧还亲笔

---

① 现延安路。

题了"蒋风先生雅属"6个字。

那时候，丰子恺先生正在创作"古诗新画"系列作品。他送我的这幅也是用现代的意境传达诗人王驾《社日》的诗情。王驾是唐大顺元年的进士，留传下来的作品不多，《全唐诗》仅存其诗6首。而这首《社日》是脍炙人口的名篇，原诗仅4句：

鹅湖山下稻粱肥，

豚栅鸡栖半掩扉。

桑柘影斜春社散，

家家扶得醉人归。

春秋两季祭祀土神，是我国农村千百年沿袭的风俗，诗人用最简洁的笔法写出节日的喜庆气氛。而画家丰先生别具匠心，画出春社散后，为庆祝社日而喝得醉醺醺的村民，由家人搀扶着回家的情景。诗人没有正面抒写社日热闹与欢乐的场面，抓住喜庆高潮之后又渐趋宁静的一个尾声来突出村民社日那种兴高采烈的内心活动，写出他们丰衣足食的喜悦，传达了浓郁的诗意，不愧是大诗人的手笔。而丰先生则用更精练的笔墨撷取"醉人"这个细节，画出了山村社日的风景，不仅反映了丰富的内容，更以浓郁的画意传达了《社日》的诗情，一眼看去，诗情画意尽收眼底，真令人回味深长。

获得这幅墨宝，确实是件幸运的事。那时我担任《申报》记者，每天都有《申报》送来。记得我收到丰先生的画后不久，便看到《申报》刊出了丰老的一篇杂文《口中剿匪记》，作者以"借题发挥"的手法，用幽默风趣的语言，叙写他在易昭雪医师处拔牙的事，把他自己口中的病牙比作当年蒋介石政府中的贪官污吏，义正词严地指出这是一伙"贪赃枉法，作恶为非，危害国家，蹂躏人民"的"官匪"。作者通过巧妙的比喻，勾勒了这些"官匪"丑恶的嘴脸，正好抒发了我当时对现实的不满，于是我就把它剪下来贴在剪报本上留念。

我一直把这幅画和这份剪报当作一份珍贵的精神财富收藏。前年，金华县丰子恺研究会成立，邀请我参加大会，我以一种特殊的欣慰心情带着这幅珍贵的画赴会。丰老的幼女一吟女士和丰老的学生胡志钧先生都说，这确是一幅珍贵的画，不仅最具丰老独特的风格，而且在丰老的画作中很少有这样大尺寸的作品。当我在会上把画作向与会者展示时，全场群情激昂，爆发了热烈的掌声，把丰子恺研究会的成立大会推上了一个高潮。

半个世纪过去了，这幅画为我与丰子恺先生这段翰墨缘留下了一个永远美好的记忆。

《嘉兴日报》1998年3月27日

我人生道路上的一盏明灯

今年是我国现代儿童文学的开拓者和奠基人之一，著名儿童文学作家、理论家、出版家、资深编辑陈伯吹先生诞辰100周年。上海宝山区区委、区政府，中国作协儿童文学委员会，上海市作协，上海少儿出版社，文汇报社，在陈老的家乡罗店举办系列纪念活动，我认为是件意义重大、特别值得称颂的事。因为这不仅是对陈老这位儿童文学前辈的缅怀，也是对陈老一生功绩的充分肯定；更重要的，是在儿童文学尚未被人们充分认识的今天，通过这一系列活动，可以进一步推动全社会对儿童文学事业的重视，认识儿童文学在加强未成年人思想道德建设中无可替代的意义和作用。

以我为例，我的成长和我对陈老的认识，就是从陈老的儿童文学作品开始的。记得20世纪30年代中期，我小学四年级时，买到一本北新书局出版的《阿丽思小姐》，作品中的主人公是一位反抗强暴的"大无畏的小战士"，她敢于同大蟒皇帝的军队战斗。当时日本鬼子侵占我东三省后又步步向华北进逼的形势，唤醒了我那颗稚嫩的童心中的民族意识。当我读到阿丽思决心抗战到底，在战壕上用白粉写上"迎战万恶的帝国主义者！""弱小民族抵抗侵略万岁万万岁！"等标语时，在那反侵略的抗日战争爆发的前夜，年少的我也热血沸腾。尽管今天看来，陈老这部早期的作品比较粗疏，留有明显的图解生活、影射现实的痕迹，但它却反映了陈老进步的儿童文学观。他的创作一开始就具有鲜明的时代色彩和政治倾向性，这与他一贯坚持的儿童文学的教育性和作为作家的历史责任感与朴素的爱国心分不开。从《阿丽思小姐》开始，陈老的儿童文学作品一直都是我喜爱的读物，陈老的儿童文学观也成为我一生从事儿童文学理论研究的指路明灯。爱因斯坦说得好："我们待人接物的态度，大部分取决于我们童年时代无意识地从周围环境吸取的见解和感情。"我想，我后来之所以不愿留在沦陷区当亡国奴，孤身流亡到闽北，历尽艰险度过那些苦难岁月，以至于后来走上儿童文学这条光荣荆棘路，都是和读陈老的儿童文学作品分不开的。记得陈老在20世纪80年代的一次交谈中谈及他也因不愿做亡国奴，越过重重封锁线逃离沦陷了的上海，经杭州到金华，在过金华通济大桥时，遭到日寇岗哨的毒打，但他仍想尽办法逃出沦陷区，到大后方去寻找生路。这虽是后话，但也印证了陈老希望通过自己的创作对小读者进行一种人格感召。

通过1978年秋在江西庐山召开的第一届全国少年儿童读物出版工作座谈会、80年代中前期文化部在全国各地举办的儿童文学讲习会以及儿童文学界多项学术活动，我有机缘更多地与陈老接触，向他请教，对陈老的人品和性格有了更多了解和认识。在这篇短文中不可能——叙说陈老感人的故事，仅想讲三两件不大为外人所知的逸事。

记得20世纪80年代前期，文化部组织的儿童文学讲师团到广州讲学，在讲学的间隙，东道主招待我们去南海参观一家公社游乐园。园内有一圈电马，电钮一按，电马不仅会飞速旋转，每头电马还会不停地前上后下地翻动，一下昂首飞奔，一下低头迅跑。东道主邀请讲师团中年轻力壮者上去玩一下，这时陈老童心毕现，跃跃欲试，也要骑上去飞驰一下。陈老是我们讲师团年龄最大的一位，已近80岁的高龄，大家都劝他不要上去，东道主更是再三劝阻，但陈老执意要骑上去试一试。东道主当然不便拂逆。电钮一按，电马便飞旋起来，骑在飞驰的电马上，陈老开心地笑了。东道主和同行者的心却随着电马越来越快的速度，越揪越紧了，担心这位即将进入耄耋之年的长者，万一从飞驰的电马上摔下来，有个三长两短该如何是好？10分钟后，电马终于缓缓停下来，在场的观众的心才慢慢放松下来，而陈老却像小孩子一样意犹未尽，竟还想在电马上转一会儿呢！

1984年6月，文化部在石家庄市召开全国儿童文学理论工作座谈会，会后招待与会者游览苍岩山名胜风景区。当年各地道路情况都不好，从石家庄到苍岩山下，来回要花七八个小时，出发前大家就劝陈老不要去——天气炎热，旅途劳累，怕陈老受不了。陈老没有同意。经三四个小时的颠簸来到苍岩山下，考虑到山高路峻，大家又劝陈老在山下走走看看风景，不必再去爬一两小时的山路了。陈老仍不同意，还是随着大家缓步上山，有说有笑，十分开心。到山顶后，有人攀着铁环爬上一个土堡，下来后都说上面没有什么新奇的东西可看，但仍阻遏不了陈老那颗好奇的心，这位七老八十的长者，仍不畏艰难地攀缘着上去一探究竟。从这可以看出陈老那颗不泯的童心，正是这颗可贵的童心让陈老为中国儿童文学事业做出了不朽的贡献。

著名儿童文学家贺宜，生前曾对陈老做过一个非常确切的评价："在我们中国，从古到今，将60年岁月全部贡献给儿童文学事业，陈伯吹称得上是第一人。"陈老一生不仅为孩子们创作了大量优秀的儿童文学作品，包括童话、小说、散文、诗歌，如《一只想飞的猫》《骆驼寻宝记》《中国铁木儿》《飞虎队与野猪队》《从山冈上跑下来的小女孩子》《摇篮曲》等，同时还为孩子们翻译了许多外国儿童文学经典作品，如《渔夫与金鱼的故事》《百万只猫》《绿野仙踪》《兽医历险记》《小夏蒂》等。他更是中国儿童文学理论界的泰斗，在新中国成立的最初十年间，中国儿童文学理论可说一片空白，陈老却一连出版了四部理论著作：《儿童文学简论》（1956）、《作家与儿童文学》（1957）、《漫谈儿童电影戏剧与教育》（1957）、《在学习苏联儿童文学的道路上》（1958）。以上这些充分证明陈老对中国儿童文学事业所做出的巨大贡献。陈老从17岁当小学教师开始，一直辛勤工作在儿童教育和文化岗位上，默默耕耘，或做教师，或当编辑，或为孩子写作，都是为了育人，都是一位辛勤的园丁。正如他自己所说的："教师是教育园地上的园丁，而作家是文艺园地上的园丁，我是个确确实实的园丁，而且已经当了70多年的园丁了。"他一生勤勤恳恳地耕作在这方不被人们重视的土地上，真可谓"鞠躬尽瘁，死而后已"。不妨再举一两事例：

通过我与陈老半个世纪的交往，我认为陈老是一位自奉十分俭朴的长者，直到古稀之年，他有事外出时仍常去挤公交车，从不舍得乘出租车。但为了繁荣发展儿童文学事业，他却非常慷慨。1981年，他把自己一分一分积攒起来的5.5万元稿费全部捐献出来，倡议设立了"儿童文学园丁奖"，用来奖励优秀的新人新作。在今天看来，5.5万元是个微不足道的数字，可是在20世纪80年代以前，在那稿费每千字不足10元，甚至仅3元、5元的年代，要积攒这笔钱，得耗费老人家多少心血啊！

进入新时期，陈老已成为中国儿童文学界公认的泰斗，他仍继续为孩子们创作新作品，还不断地为儿童文学理论建设做新的探索，更难能可贵的是，他毫不吝啬地挤出大量时间和精力用于扶植新人。在捐献稿费设立"儿童文学园丁奖"奖励新人新作的同时，他还为不少青年作者的作品，例如《彩色的星》《孔雀的焰火》《火牛儿打鼓》《勇敢者的道路》等，写下许多序文。写序得先把书的内容从头到尾看过一两遍，才能动笔，是项十分繁重的任务。十多年间，陈老写了140多篇序文，核算一下，每月都得为他人看一两本书，得花多少心血啊！

1978年秋，我从庐山会议带回编写《儿童文学概论》的任务，除把自己在大学里的教材修订成《儿童文学概论》，在湖南少儿出版社出版外，我又联系发动北师大、华中师大、河南师大、浙江师院和杭州大学五院校的儿童文学教师集体编写了一本《儿童文学概论》。成稿后，编写组要我出面请陈老作序，当时我担心陈老会因工作繁忙而婉拒，但还是试探着提出请求，意外的是陈老欣然同意。在这篇序文中，他提到儿童文学在新中国仍是一棵幼苗，"惟其幼小，所以希望就正在这一面"，"作为老师、家长、社会人士，都该来关心、爱护，让人类的下一代健康茁壮地成长。祖国的繁荣、民族的昌盛、世界的未来，都在他们身上"。这从一个侧面反映了陈老晚年不遗余力、不惧烦琐地为后辈们的著作写序的苦心和深意。据我了解，陈老为后辈们写的序文曾先后汇编成四辑出版，即《他山漫步》（广东人民出版社，1984年出版）、《天涯芳草》（海燕出版社，1987年出版）、《火树银花》（甘肃少年儿童出版社，1990年出版）、《苍松翠柏》（河北少年儿童出版社，1996年出版）。我们只要读读陈老这些序文，一位呵护儿童文学事业的老人的巨大的慈祥形象就会耸立在眼前。

从上述微小事例中，我们可感受到陈老的人格魅力，这对年轻一代的影响是无可估量的。单从我个人的感受来说，陈伯吹先生是中国儿童文学界的一位伟大的楷模。他始终是我儿童文学这条光荣荆棘路上的指路明灯，指引着我终生无悔地奋然前行。

《寻梦之旅》（金蔷薇文丛），上海三联书店2012年1月出版

在畈田蒋的那些日日夜夜

　　畈田蒋是坐落在金华东北角的一个平凡的小小乡村，却因为诞生了一位伟大的诗人而闻名世界。

　　这位诗人就是艾青。58年前，我曾陪同他一起回乡，在畈田蒋度过了二十多个日日夜夜。

　　艾青原名蒋海澄，他的两位弟弟海济、海涛和我同一年考进金华中学。我和海济分在乙班，是同班同学；海涛分在丙班，同级不同班。对他俩的这位大哥，此前虽未见过，但我酷爱文学，早就读过他的成名作《大堰河——我的保姆》，对他十分敬佩。

　　1953年春天，诗人艾青解放后第一次"衣锦还乡"，我以金华地区文联秘书长、金华市文协主席的身份，迎接这位从畈田蒋走出来的诗坛骄子归来。由于我热爱诗歌又和海济是同班好友，与艾青一见面便分外亲切。那时正好我患严重的神经衰弱症，艾青听说后便动员说："走走走，跟我一起到我老家休息几天。"就因为这个偶然的机缘，我有机会来到畈田将这个小村庄，与这位伟大的诗人一起生活了二十多个日日夜夜。

　　我虽是金华人，却从未到过畈田蒋，但它对我来说并不陌生，因为我早就在诗人笔下神游过这个"小小的乡村"：

它被一条山岗所伸出的手臂环护着。

山岗上是年老的常常呻吟的松树；

还有红叶子像鸭掌般撑开的枫树；

高大的结着戴帽子的果实的榉子树

和老槐树，主干被雷霆劈断的老槐树；

这些年老的树，在山岗上集成树林，

荫蔽着一个古老的乡村和它的居民。

…………

　　还有"外面围着石砌的围墙或竹编的篱笆"的果树园，"乡村路边的那些石井"，村子里"用卵石或石板铺的曲折窄小的道路，它们从乡村通到溪流、山岗和树林"，乡村中间有一个平坦的广场，"大人们在那里打麦、掼豆、扬谷、筛米……长长的横竹竿上飘着未干的衣服和裤子"，离这广场不远就是诗人的故居。

　　艾青告诉我，他出生的老房子因祝融氏的光顾已付之一炬。现在的三间两厢的两层楼房是在原址重建的新居，坐落在这小小村落的中央。其实新居也不新了。

　　跨进门去，诗人的姑母迎了上来，还有附近的村民邻居都闻讯赶来了。

　　主人把艾青和我安顿在左侧楼下的厢房内，也许这是有意的安排，因为艾青就诞生于这间西厢房，虽不是原屋，却是在原址上原样重建的。室内除了一张三尺二宽的单人床外，就是靠窗朝天井的一张半方桌和一对木制靠背椅，别无他物。

　　艾青和我都是从战争年代走过来的，且在新中国成立不久那个物质十分匮乏的时代，人们都习惯于因陋就简，于是两人就在那三尺二宽的单人床上骈头抵足合睡了二十多个夜晚。随行的警卫员则安排睡在大门后与堂屋前的过道里，用一方门板搭了一个铺。

当年，畈田蒋尚未通电，夜晚照明仅靠一盏煤油灯。一到夜晚，这点灯光无法供我们两人读书写字，更不用说那个年代的乡村里，也找不到书报可看。所以每当夜幕降临之前，用了晚餐，艾青和我便在村道上边聊边散步。走了一圈回来，无事可做，也为了替主人节省一点照明的煤油，就干脆熄了灯，两人并头共枕躺下聊天。"摸黑聊天"成了一项值得纪念的日常功课，也是打发时光的好方法。

也许是回到老家容易触景生情，他跟我谈得最多的是他的出生、命运和叛逆的性格。艾青出生于一个地主家庭，他父亲蒋景銮是位知识分子，也是个胆小怕事、安分守己的平凡人，"在最动荡的时代里，度过了最平静的一生，像无数个地主一样：中庸、保守、吝啬、自满"，也有点迷信。当年艾青出生时母亲难产，父亲找算命先生算了一卦，先生说他"克父母"，这使得这个本来富裕安乐的家蒙上一层可怕的阴影。于是艾青被送到一个贫苦的农妇家哺养，这位用乳汁喂养他长大的保姆就是后来他的成名诗作《大堰河——我的保姆》中的主人公。那年代，贫苦的农妇连名字也没有，她是从大叶荷村以童养媳身份嫁到畈田蒋来的，就以生她的村庄的名字"大叶荷"为名。当地的乡音"大叶荷"与"大堰河"完全一样，艾青写诗时就用谐音改动了一下。

艾青跟我谈到他的保姆大叶荷时，时时刻刻流露出一种感激的深情。由于他的亲生父母听信算命先生一派妄言，他从一个富裕的家庭被推进一个贫农的家，大叶荷却用自己的乳汁哺育他长大。他谈到他在大叶荷家的童年虽凄苦却很温暖，声声感人肺腑，句句情意深长。听了艾青深情诉说大叶荷那些平凡的故事之后，我才真正懂得，《大堰河——我的保姆》之所以成为不朽诗篇，正是因为诗人用饱蘸浓情的笔墨抒发了自己的思念和感悟。

在1953年春天的那二十多个日日夜夜，他虽跟我谈过他的父亲，却从未提到他的亲生母亲。他回乡的第一件事是去大叶荷坟上凭吊，寄托思念，但始终未去他父母坟上扫墓，尽管他父母的墓地也在村子的东南角，跟大叶荷的坟墓近在咫尺。

有一天，艾青又想起生养大叶荷的那个村庄，我俩边走边打听，走了六七里路到了那个被艾青误称为"大堰河"的小村。村里人却谁也不认识他奶妈，更无法指出奶妈的旧居，他只得怅然若失地走了回来……

晚上，艾青又谈起他的父亲。他的父亲是村里一个有头有面的知识分子，上过7年私塾，又在浙江七中①读了中学。在清末民初，他是村里第一个剪去辫子的"维新派"信徒，家里订了《申报》和《东方杂志》，堂前摆着自鸣钟，房里点着美孚灯②。他对子女管教十分严格。艾青中学毕业时，父亲本希望作为长子的他能考上法政大学，或去学金融经济，可管好这份令人羡慕的家产，但他没有听从父亲的教诲，选择了画笔。望子成龙的父亲曾伤心得一夜哭到天亮，仍然无法感动他这颗叛逆的心。1928年，18岁的艾青背上行囊进了杭州西湖艺专③。在艺专仅仅学了一年，他就因出色的艺术资质受到林风眠校长的关注，校长劝他"你别在这里浪费时间、浪费青春了，还是去巴黎深造吧"。于是他

---

① 浙江省立第七中学堂，现浙江金华第一中学。

② 即煤油灯。

③ 国立艺术院，中国美术学院的前身。

"带着少年人的幻想和热情"，骗取了父亲的同情和认可。正如他在《我的父亲》这首写于延安的长诗中描绘的那样，那天晚上，父亲"从地板下面，取出了一千元鹰洋①，两手抖索，脸色阴沉，一边数钱，一边叮咛：'你过几年就回来，千万不可乐而忘返！'"。他满口应允，敷衍着父亲。

就这样，艾青"像一只飘散着香气的独木船"，"离开了他的小小的村庄"，跟孙福熙、孙伏园、雷圭元、沈玉山、俞福祚、龚珏结伴出国，经过一个多月的航行，终于到了他日思夜盼的那个闪烁着艺术之光的浪漫之都巴黎。

在巴黎，他一面学画，一面读了不少哲学和文学的书。父亲怕他在巴黎这个花花世界里乐而忘返，很快就断了供给，他只好半工半读。在巴黎街头流浪的那三年岁月，"在大西洋边，像在自己家里般走着"，常常饿着肚子，用画笔涂抹着拿破仑的铸像、凯旋门、铁塔，有时整天沉醉在卢佛尔博物馆②里，不想出来……

我就像一个爱听故事的孩子一样沉迷在他那些真实的故事中，听到这里，我忍不住问了一句："那您又为什么不进艺术院校完成学业，反而很快就回国了呢？"

他激动地告诉我，1931年底的一天，他在巴黎近郊带着画板写生，一个喝得醉醺醺的法国佬走过来看了一眼他画的画后，气咻咻地说："中国人，国家快亡了，你还在这里画画，你真想当亡国奴吗？"艾青说："当时，这句话真好似一记响亮的耳光，把我打蒙了。"他便

---

① 墨西哥银币，清末民国时期曾在我国市面上流通。

② 即法国卢浮宫博物馆。

赶忙写信向父亲要了一笔回国的旅费，"空垂着两臂，走上了懊丧的归途"。

回到上海后不久，艾青便因参加中国共产党领导的左翼文艺活动而被捕，关进捕房的监狱。透过唯一的小铁窗，"对于一切在我记忆里留着烙印的东西，都怀念着……"。就在一个下雪天，他想起以乳汁养育过他的保姆，写下了传世的名篇《大堰河——我的保姆》……

他丰富的经历和独特的际遇，都化作动听感人的故事。也许那时的乡村生活实在太单调、太枯燥了，也许那段时间刚好他的家庭生活有些矛盾，他把郁积的情愫全化成故事向我倾诉。每当晚饭后散步归来，我们便早早躺在床上，聊呀聊，到两人都进入梦乡为止；一觉醒来，又有谈不完的故事。

每个夜晚，我都好似听《一千零一夜》一样听着诗人谈自己的往事，度过了一个又一个畈田蒋之夜。

那年，诗人是为了深入生活回乡收集创作素材的。在抗日战争时期，傅村一带有一位极富传奇色彩的英雄人物，就是从农村裁缝成为游击队长的杨民经，他成了诗人采访的主要对象。

在畈田蒋那些白天，杨民经一有空就来到艾青的故居。就在我们"下榻"的那间厢房窗下的半方桌旁，诗人坐在正中木靠背椅上，一边听一边记；杨民经坐在半方桌的横头的木椅上，绘声绘色地谈他敌后斗争的故事。这些故事成为艾青回北京创作的长诗《藏枪记》的素材。当年我也好像听故事一样坐在那张木板床上倾听。

有时杨民经有事不能来，有时诗人确实写得太累了，艾青就拉着我到村外田野里走走，寻觅他童年记忆里的乡村景象：

我想起乡村边上澄清的池沼——

它的周围密密地环抱着浓绿的杨柳，

水面浮着菱叶、水葫芦叶、睡莲的白花。

　　有一次，走到村外一个水塘边，他为水面浮着的菱叶、水葫芦叶、睡莲的白花所吸引，驻足欣赏，久久不愿离去，让我用带去的那架古老的相机，拍下一个又一个画面。

　　他和我散步时去得最多的是畈田蒋西边的两周村。这是个仅有数十户人口的小村，离畈田蒋不足百米。艾青最喜爱的是村口一对大樟树。两株古樟相距十多米。西边这株更古老，得十多个人才能合抱；树干中间已成空洞，可容六七个人；洞口立一石碑神位。东边一株稍小，但也够六七人合围。艾青说他童年常来此处爬树嬉戏，讲到这段经历，脸上漾开童真笑意。有一天，他还带了一沓画纸来写生，画下一片苍劲的绿荫。有一次，他又带了他的侄子鹏旭，要我拍下合影。还有一次在田野漫步时，走过路边几株粗大的罗汉松，他也十分感兴趣，要我从不同侧面拍了好几张照片。在那二十多天里，一共拍了两卷柯达黑白软片①。

　　在艾青的童年记忆中，还有一个挥之不去的形象，那就是在畈田蒋西北侧的双尖山。这座海拔800多米的高山是金华山山脉的一支，距离畈田蒋约20里。当他完成《藏枪记》的采访之后，特地约了两三位童年时代要好的朋友，由大叶荷的儿子蒋正银当向导，去爬双尖山。

　　那是个阴天，并没有见到艾青第二年在北京写的长篇抒情诗《双

---

① 胶片。

尖山》所描写的那样的晴天景色——"白云敷上阳光,像一条金带"缭绕在山腰,双尖山"像一个古代的骑兵","在天边驰骋";却恰好欣赏到阴天双尖山"像一个被囚禁的武士,那巨大而忧郁的影子"。沿着石阶,一步一步向上爬,在阴郁的山林中感到分外幽静,听到悦耳的鸟鸣,领略到"鸟鸣山更幽"的诗情。

诗人返京后第二年春天的一个早晨,一觉醒来,听到婉转的鸟鸣声,使他想象的翅膀翩翩飞舞;他又想起家乡双尖山上多次听到的美妙歌声,诗情画意在他脑海里翻腾,于是挥笔写下又一篇传世的不朽诗篇《双尖山》,深情地唱出了"亲爱的双尖山,你是我的摇篮——"其实不只是双尖山,他的摇篮应该是他日思夜想的畈田蒋,更应该是生养他的金华这片土地。

"为什么我的眼里常含泪水?因为我对这土地爱得深沉……"1953年春天在畈田蒋和艾青相处的二十多个日日夜夜,我感受到了诗人这份深情。写到这里,在我脑海中又浮现出他那些不朽的诗篇——

假如我是一只鸟,

我也应该用嘶哑的喉咙歌唱:

这被暴风雨所打击着的土地,

这永远汹涌着我们的悲愤的河流,

这无止息地吹刮着的激怒的风,

和那来自林间的无比温柔的黎明……

——然后我死了,

连羽毛也腐烂在土地里面。

为什么我的眼里常含泪水?

因为我对这土地爱得深沉……

今年^①是艾青的百年诞辰，百年岁月，无尽沧桑，时间远去，诗魂永存。

《文艺报》2011年9月25日

---

① 本文写于2010年。

人世几回伤往事——缅怀洪汛涛先生

汛涛走了，我是从发稼兄打来的电话中得知这个噩耗的。因为汛涛已走了多天，连发个唁电都来不及了。一直想写点悼念的文字，每次提起笔来，都因一种悲感袭来而不能成文。我总感到他走得太突然了。因为去年七月，《作文周刊》在杭州举办小作家夏令营时，正好我在杭州望江山疗养院体检休养，抽空也赶去出席开幕式，意外地遇到很久未见的汛涛夫妇。他的头发虽已白了很多，但仍神采奕奕，丝毫没有病态，比前几年五台山笔会见到他时更健康。真意想不到这一别不到两个月，他就突然走了。

往事悠悠，这些天来，我的脑际常会浮现出汛涛的身影……

二十六年前，有一天邮递员同志给我送来一本书，拆开一看，是一本极富艺术魅力的《神笔马良》。封面上画着小马良骑在他自己用神笔画的大骏马上，正用神笔画出的一张弓、一支箭射击企图害死他的敌人，骏马像飞一样地向前驰去……多么迷人的书啊！

这是著名儿童文学作家洪汛涛三十年来的作品选集，由人民文学出版社出版。翻开书的扉页，凝视着他亲笔题签的笔迹，仿佛又见到了这位老朋友的亲切面影。

曾用"田野"作为笔名发表作品的洪汛涛，是浙江浦江人，1928

年农历闰二月十九日出生在浦江县城的一个城市贫民家庭里。童年时代的小汛涛，大部分岁月是在外婆家度过的。他的外公本是个读书人，可是在考场却并不顺心，没能谋得一官半职，进入中年以后，便在小县城里办了个沪杭等地报纸分销处，靠给订户分送报纸为生计。生活在外婆家的小汛涛，从小便与报刊结下了不解之缘，养成了每天读报的习惯。报纸成了他最早的启蒙读物，他在这所"新闻学校"里得到了知识的营养。

随着年龄的增长，他从读报发展为爱上了读书。可是在那"长夜难明赤县天"的旧社会，一个贫困家庭的孩子，要想得到一本课外读物，是多么不容易啊！尽管他从偶然到手的《图书目录》中，知道世界上有专门为孩子们写书的作家，有专门为孩子们出版的儿童读物，在他的小脑海里已经记住了安徒生、贝洛尔、王尔德、格林兄弟、史蒂文生这样一些令人仰慕的名字，在想象中翻腾着《一千零一夜》《伊索寓言》《大人国游记》《小人国游记》《鲁滨逊漂流记》《爱丽丝漫游奇境记》这样一些富有魅力的书名，但都像那个卖火柴的小女孩擦亮一支火柴所出现的幻觉一样，在小汛涛眼前成了可望不可即的东西。连当时我国出版界专为中国孩子提供的《稻草人》《寄小读者》《儿童世界》《小朋友》这样一些印刷粗陋的书刊，也很难为一个穷乡僻壤的穷孩子得到。于是，小汛涛只得和小伙伴们用自己的小手"办报纸"，用自己的小手"办书局"，用来满足处于萌芽状态的求知欲。童年时代这种近似游戏性质的活动，成了他一种美好的向往，也许正是作家后来走上儿童文学创作道路的契机吧！

后来，小汛涛上学了。他进的那所县立中心小学，有一个简陋的图书室，成了他着迷的处所。那柜子里破破烂烂的旧书，不到一个学期，就全被他阅读过了。他成了个书迷，到处借书看。在小学毕业前，他已把《西游记》《水浒》《三国演义》《封神演义》《精忠岳传》《镜花缘》《今古奇观》《儒林外史》等古典小说都读过了，还看了不少武侠小说、公案小说。尽管这些不是儿童读物，却也帮助他扩大了视域，启迪了他的心智，丰富了他对生活的认识。就这样，书成了他的一个最好的启蒙老师，引导他爱上了文学。直到今天，他还深有感触地说："书，对一个孩子来说，非常重要。"

爱读书的少年洪汛涛，走着一条坎坷的人生道路。贫困的生活际遇，动乱的战争岁月，迫使他失去了按部就班地受完小学、中学基础教育的机会。在漫长的抗日战争烽火中，他的家乡沦陷了。战争的浪潮把他推进了社会大学，他在艰苦的生活中开始学习写作。这为他创造了一个广泛接触民间文艺的机会，也为他日后从事文学创作奠定了一个良好的基础。他说："我这个人，从来兴趣就是多方面的。年轻时，除爱好文学外，还学过画，刻过章，练过书法，也弄过音乐；对我而言，好像什么都有吸引力，我都想试试。"后来，他自己认为"就算专搞文学了，也是小说、散文、诗、剧本、杂文都写"。

在学习中长智慧，在积累中长才干。刚进入青年期的洪汛涛，已经显示出他文学上的才华，于1948年出版了处女作诗集《天灯在看你》（青年作家月刊社），1949年又在活力出版社出版了第二部诗集《尸骸的路》。在写诗的同时，他也开始为孩子们写作，在《新少年报》上发表作品。

解放后，洋溢着青春活力的洪汛涛，投身于革命的队伍，先在上海市军管会文艺处工作，仍孜孜不倦地从事业余创作，出版了短篇小说集《和平的乡村》（元昌印书馆）。少年儿童出版社成立后，他被调去任编辑。这一工作上的变动，为他实现童年时代就已萌发的心愿提供了一个机会。从此，他专门为孩子写作。他曾自豪地说过："我决计把写作其他方面作品的兴趣丢开，专心一志来给儿童们写作了。"开始进入儿童文学领域时，他也是十八般武艺样样都试一试，各种体裁他都写。后来这些年，他"就集中写童话和小说"，创作出了儿童小说《蛇医传》《一幅插图》《紧急任务》等，童话《神笔马良》《十兄弟》《夜明珠》《三个运动员》《鱼宝贝》《望夫石》《不灭的灯》《半半的半个童话》等。其中不少佳作被选入各种选集，并被译成外文，受到国内外小读者的热烈欢迎。尤其是《神笔马良》，富于幻想，带传奇色彩，具有鲜明的民族风格，在国内出版了二十余种版本和改编本，还被译成多种外文，行销国外。由作家自己根据这篇童话改编的美术电影《神笔》，不仅轰动我国影坛，而且在国际上曾五次获奖，因此驰誉中外。在1980年第二次全国少年儿童文艺创作评奖中，《神笔马良》荣获一等奖。马良打动了一代又一代的观众，已成为我国广大少年儿童熟悉和喜爱的人物。

不想搞理论的汛涛，却在许多全国性的讲习会、研讨会上被邀讲童话，因此写了一份详细提纲，于是1986年《童话学》出版了，此为新中国第一部关于童话学的专著。

前年，我七十五岁，有些学生要给我庆寿，我虽再三婉谢，但消息仍被传播开去。汛涛不知从何处得知，特地欣然命笔，题写了一幅"文移北斗，寿比南山，春风桃李，一代宗师"的墨宝寄来，使我惭愧得无地自容。

跟汛涛相处近半个世纪，来来往往，脑海深处有挖不尽的记忆。金华是汛涛的故乡，今天我在婺江之滨，明月楼下，往事一一涌向心头，书不尽，写不完，只得借刘禹锡的两句诗来寄托我的哀思：

人世几回伤往事,

山形依旧枕寒流。

《寻梦之旅》(金蔷薇文丛),上海三联书店2012年1月出版

留下一串笑容在夕阳里
——缅怀诗人吴奔星先生

你走了，

没有留下地址，

只留下一串笑容在夕阳里。

——吴奔星《别》

今年四月下旬，我正忙着赶写一篇约稿和校阅一部书稿，忙得夜以继日，报也不翻，电视新闻也不看。吴奔星先生匆匆远行的时候，我一点也不知情，所以连个唁电都没有发，等我从他人的悼念文章中得知这个噩耗，已是几个月之后的事了。这件事，我一直感到十分内疚。

吴奔星先生是我景仰的诗坛前辈，我年轻时也热爱诗歌，记得在中学时代，就读过他的诗集《暮霭》和《春焰》，十分钦佩他的诗才，视他为我心目中的一位偶像。从文坛的一些介绍中，我知道他是科班出身，毕业于北京师范大学国文系，不仅学养深厚，早年还参加过湖南农民运动、"一二·九"学生运动，有丰富的生活经验。早在20世纪30年代他就步上中国诗坛，与著名诗人戴望舒、路易斯等一起办过诗刊，提倡诗歌现代化，在中国新诗发展的漫长道路上留下了辛勤探索的脚印，无论在诗歌创作还是在诗歌理论方面，都留下了不可磨灭的劳绩。因此，早在20世纪40年代，"吴奔星"这个名字，已在我这个文艺青年的脑海留下了一个鲜明的印象，可惜无缘拜识。直到20世纪80年代，绍兴师专①举办"鲁迅研究"系列讲座，邀请了学术界一批名家，如钱谷融、徐中玉、严家炎、孙玉石等，到绍兴讲学，其中就包括吴奔星先生，笔者也忝陪末座。在绍兴有近一周的相聚、交谈时间，这为我创造了一个拜见吴老的机会。这时的奔星先生是南京师范大学的名教授，在中国诗坛有很高的声望，却十分平易近人，待人接物坦率真诚，与人交往时，脸上时时浮现一串亲切的笑容。

高尔基说："亲切比世界上什么东西都宝贵。"在与吴老一周的交往中，奔星先生的亲切笑容好似有一种魔力，牢牢地吸引着我，从此我们建立起深挚的友谊。在此后二十多年的交往中，虽然见面的机会不多，但感情却随着岁月递增。记得在我为了编写《中国现代儿童文学史》，收集二十世纪二三十年代的相关史料时，吴老就热情地提供了帮助——他亲笔撰写了吴翰云的材料。他告诉我，翰云是他的叔辈，1895年出生在湖南安化县东坪镇吴家湾，原名吴子厚，中学毕业后进中华书局工作，20世纪30年代曾任《小朋友》主编，曾为孩子们创作了《两个猎人》《狐和长舌鸟》《玫瑰花后》《骄傲的螃蟹》《狐和野牛》等三十多种童话，《三个傻子》《鹿的故事》《红毛野人》《聪明的农夫》《五只石牛》等三十多种故事，还有图画故事《小鼠跳绳》、笑话《立刻就来》、谜语《看不出》等8册。这不仅为我撰写《中国现代儿童文学史》提供了不少珍贵的史料，也使这位解放后一直被湮没的现代

---

① 绍兴师范专科学校。

中国儿童文学开拓性人物得到彰显。仅此一例，足以说明吴老十分关心后辈的学术工作。当年我在完成这项学术工作时，就仿佛看到吴老脸上漾开一串欣慰的笑容。

1994年我离休后，又重新拾起年轻时对诗歌的爱好，尤其对儿童诗更加关注。当闲来无事，我喜欢读读新诗，也读点诗论，在感情上与吴老便更走近一步。记得有一次在图书馆翻书的时候，发现了一本厚厚的《中国新诗鉴赏大辞典》，主编就是我熟悉的吴奔星先生。于是这就成了我阅读新诗的基本读物，我曾多次在各地书店搜购这本被学术界认可的好选本，遗憾的是未能如愿。此后，我还读了吴老的《奔星集》《吴奔星新旧诗选》《诗美鉴赏学》《中国现代诗人论》等著作。有一次听朋友说起吴老发表在《文学评论》上的《试论"新月诗派"》是一篇很有学术价值的诗论，可说是新中国第一篇探讨文学流派的论文，我还特地去找来拜读，表现出一种年轻人才有的热情。也许正是因为吴老终生与诗相伴的学术精神的感召，我原已渐远渐淡的对诗的爱好才得以回归。我想，要是奔星先生得知是他的诗作和人格力量唤回了我青年时代的爱好，一定会在夕阳里留下一串欣慰的笑容。

吴老走完了人生最后一段旅程，离开我们远去，但他那亲切的笑容却永远活在我的记忆里。正如他的名句所说的："你走了，没有留下地址，只留下一串笑容在夕阳里。"

《小商品世界报》2004年10月11日

永远留在记忆中的那丝微笑
——忆许杰老师

　　回想起许杰老师，我记得最清楚的是漾在他嘴角的那一丝不易察觉的微笑。其实这微笑不是从嘴角漾出来的，而是从他那双纯朴的眼睛中放射出来的，倘若你有意去探寻，却又无影无踪。但只要你一接触到他那带着浙东山民的敦厚的目光，就会感觉到一种令人无法抗拒的亲和力，从他那淡淡的笑意中，感知到他是一个耿直、善良的人。

　　1942年，我在建阳童游的东南联大就读，曾在童游街头接触到这一丝淡淡的笑意，仿佛是从那澄澈见底的童游溪水中漾开的。第二年，我考取暨南大学文学院，在建阳文庙内那四棵硕大无比的桂花树下，又常常遇到这一丝微微的笑纹——好似是从那扑鼻的桂花香味中漾开的。那时许杰先生在暨大任教，担任中文系主任和教务长，而我是暨南大学文学院学生。由于他没有直接教过我，没有在我所在班级授过课，所以他不认识我这个因家乡沦陷而流落建阳山城的落魄学生。而我却因爱好文学，早在进暨大之前，就在老同学的指点之下认识了这位名作家，得知他是我们浙江老乡，有一种自豪的亲切感，很想去拜访他，但终因种种原因不曾如愿。当年我孤身只影流浪在闽北，只在暨大半年，便因无力缴纳学杂费用，被迫重新报考另一所可以享受公费的大学，依依不舍地离开了暨大，也离开了生活一年多的建阳。

此后，天各一方，我没有机会再见到许杰老师，但那丝微笑，却常会在我的心湖中漾开。

一直到1981年，我以筹委身份出席浙江省纪念鲁迅诞辰100周年学术讨论会，事先知道许先生也被邀请来杭参加会议。在开幕式上，我一眼就看见许先生坐在主席台上，他脸上漾开的那一丝淡淡的微笑，又触活了我心中的记忆。我惊讶地发现，在建阳碰触过的许杰老师眼仁中那一丝不易察觉的微笑，还是那么谦逊，那么慈祥，那么年轻！等到会议休息的时刻，我就迎了上去，行了第一次弟子礼，并吐露了自己对他老人家的思念和敬仰之情。

许老师出身寒微，早年丧母，负债累累，赖借贷和亲友接济才得上学；后因反对旧考试制度而被学校开除，幸好在进步教师的推荐下，克服重重困难，转到第五师范学校①就读；毕业后当过教师，开过书店，担任过小学校长、图书馆资料员，做过地下党联络工作，也曾被捕入狱，虽经保释出狱，但终因白色恐怖、生活无着，不得不背井离乡，飘泊南洋，任华侨报纸《益群日报》主编；1930年回国后，在广州、安庆、上海等地大学任教，接着便因抗日战争爆发，辗转于浙、闽、皖、赣等地，历尽颠沛流离之苦……虽然生活道路如此坎坷，但留在他脸上的那一丝不易察觉的微笑，始终不曾泯灭。

从1985年秋以来，我曾多次出境赴美、日、新、韩等国参加国际会议，每当路过上海，我都要去看望许杰老师，有时为了方便，还特地住到华东师大招待所。他那浓重的乡音，让我解除了一切拘谨，给我留下

---

① 浙江省立第五师范学校，今绍兴文理学院。

印象最深的，仍然是他那一丝不易察觉的微笑。

这一丝淡淡的微笑，发自他内心的淡泊，即使在他春风得意担任暨南大学教务长时，也不曾流露一点点傲慢的气息。

这一丝微微的笑意，发自他襟怀的坦荡，即使饱经人生的坎坷，也没有被磨灭掉一丝一毫。

这一丝浅浅的笑纹，发自他待人处世的真诚与坦白，尽管世事沧桑，他依然笑对人生，面不改色。

微笑是美的，尤其是久经沧桑而不变的微笑。她有一种无穷尽的魅力，给人以启迪，给人以希望。这是许杰老师脸上那一丝不易觉察的笑纹永远活在我心中的最主要的原因。

《福建日报》1996年5月7日

诗人去矣，天上人间不得知
——悼念"五四"老诗人刘延陵先生

接读他女儿的来信，我的心上好似立即压上一块沉重的铅，半晌说不出话来。真想不到他会去得这么快。上月中旬，我一连收到他从新加坡寄来的两封长信，每个字都写得十分端正苍劲，而且还有他的一帧彩色近照。照片上的他，精神矍铄，神采奕奕。

我读着他女儿的来信，脑海里浮现出30年代的一件往事。那时我在金华中学①读初中，偶然在学生会图书馆里借得一本诗集，其中有一首《水手》吸引了我的注意力。这首诗一直深深铭刻在我的脑海里：

月在天上，
船在海上，
他两只手捧住面孔，
躲在摆舵的黑暗地方。

---

① 浙江省立金华中学，原浙江省立第七中学，今浙江金华第一中学。

他怕见月儿眨眼，

海儿掀浪，

引他看水天接处的故乡。

但他却想到了

石榴花开得鲜明的井旁，

那人儿正架竹子，

晒她的青布衣裳。

　　尽管时间已经流逝了半个世纪，留在记忆里的印象却仍然那么鲜明。那时，我正热爱上诗神，不仅读诗，也学着写点诗，因此对诗和诗人有着一种特殊的敬慕之情。我从老师处听说，这首《水手》的作者前几年还在我就读的金华中学任教呢。当时我想，要是自己早出世几年，不就可以称他为师了吗？

　　这位一直活在我记忆中的"五四"诗坛老诗人，半个多世纪来悄然从中国文坛隐去，好似蜻蜓点水，了无痕迹。但是人生虽然变化无常，却也常常出现一些意想不到的事。前些年从跟徐重庆先生的通信中，我意外地得知，这位在中国诗坛默默无闻的第一代白话诗人，至今仍然健在，悄悄地隐居在新加坡。于是我便给这位慕名已久的老诗人去了一信，很快便收到他的回信。就这样，我们通起信来，成了忘年交。

　　今年8月，我有机会去新加坡参加一个国际会议，就打定主意，一定要抽空去拜访一下这位金华中学的老校友，跟朱自清、叶圣陶等人同创中国第一本白话诗刊《诗》的著名诗人刘延陵先生。正好韩国诗人许世旭、我国香港诗人犁青也想去探望他，于是我们三人便结伴驱车去裕廊。出发时稀稀落落下了点雨，等我们到达刘宅时，已是南国的晴天，灿烂的阳光抒发了我们当时的心境。这位94岁高龄的老人，笑迎我们进屋。据了解他的人说，老诗人是一位沉默寡言的人，即使跟朋友在一起也不大讲话。但那天，他却兴致勃勃地回答了我们所提的问题，谈诗，谈他自己的经历，差不多谈了两个小时。我们担心影响他的休息，才依依不舍地告辞，在他家门口还合影留念。刘老一再说要到我们下榻的半岛酒家回访。我想他已是94岁高龄的人，怎好劳驾他？于是一再辞谢，他才没有来。但我回国到家后，却又收到了他的致歉信。

写到这里，我又拿出他上个月给我寄来的近照：他穿着一件带着白色小花的短袖蓝衫，正在全神贯注地写作。虽然岁月的风霜已在他脸上留下了丝丝皱纹，但漾在口角的微笑，配上那件蓝底白花的衬衫，仍显示出强劲的生命力。他怎么能这么快就走了呢？

不，一定不。这位曾经为中国白话诗付出心力的老诗人还活在我们的心中。

不久前，我想在报纸上给这位在金华中学工作过的老诗人做点介绍，特地提了几个问题，去信向他请教。他很快复信，说他"曾在金华第七中学高中部教过整整三年书，那是方豪当校长时"。他还在信上回忆说："高中部的大门耸立如阜，可以凭高望远。"金华这座人文荟萃的古城，留给这位出生于江苏南通的老诗人的记忆，也是非常美好的："我在那边（指金华）的三年生活是非常愉快的。"

据新加坡《联合早报》报道，刘延陵先生是10月17日早餐后感到不适住进医院检查的，当时诊断是感冒，肺部有轻微感染，算不了什么大病。到第二天下午，刘老曾两次按铃叫护士，说是有点头晕，第二次医生在场，他自己还向医生询问了病情。医生给了他氧气罩，不久他便"含笑"逝世了。报道中还提到我去信请教的事，说他回了一信之后，在去世前几天，"刘老又投寄给蒋风第二封信，据刘太太说，刘老当时表示，因为还有些问题要搞清楚。这是刘老在世投寄的最后一封信"。

读到这里，我又拿出诗人最近寄给我的两封长札，怅望南天，潸然泪下。我实在写不下去了，让我在此抄录星洲①诗人木华悼诗《减字木兰花》的下阕以寄托我的哀思：

诗人去矣，皓月黄花空有泪。痛失良师，天上人间不得知。

《寻梦之旅》（金蔷薇文丛），上海三联书店2012年1月出版

---

① 新加坡的别称。

杨柳依依，无限情思
——忆与刘延陵先生的一段交往

一

刘延陵先生是我国新文化运动中新诗坛的第一代诗人，但对我国文艺界的年轻一代来说，也许很少有人知道了。这位中国诗坛的前辈，先是由于脑疾缠身，中断笔耕，后是因抗日烽火骤起，折柳南行，定居南洋，长期脱离文坛。近半个世纪来，不说中国现代文学史对他一笔不提，连一般报刊也很少提起他了。

澳门东亚大学①中文系教授云惟利说："刘延陵没有同时代的许多诗人那么著名，但是对于早期的新诗运动，却很有贡献。"刘延陵先生是早期的文学研究会②会员，在有史料根据的170多名会员中，他的

---

① 创立于1981年，后经过改制一分为三，为现在的澳门大学、澳门城市大学、澳门理工大学。

② 新文化运动中成立最早、影响和贡献最大的文学社团之一。

入会号数为49。他与文研会骨干叶圣陶、俞平伯、朱自清相知，因共同的爱好，于1922年1月创办了同人刊物《诗》月刊。这个刊物即由刘延陵和叶圣陶两人负责具体编务，而刘延陵又是最热心的一个，花了更多的心血。朱自清在《中国新文学大系·诗集·选诗杂记》中，曾有这样一段记载："……《诗》月刊怕早被人忘了。这是刘延陵和我几个人办的；承左舜生先生的帮助，中华书局给我们印行。那时大约也销到一千外。刘梦苇和冯文炳（废名）二位先生都投过稿。几个人里最热心的是延陵，他费的心思和工夫最多。这刊物原用中国新诗社名义，时在民国十一年，后来改为文学研究会刊物之一，因为我们四个人都是文学研究会会员。刊物办到七期而止，结束的情形却记不清了。"同书的《诗话》中对刘延陵还有这样的介绍："刘延陵：江苏泰兴人，《雪朝》作者之一。喜欢李贺诗，认为近乎西方人之作，似乎颇受他影响。今所录都是平淡的。"

当年刘延陵先生主编《诗》月刊时，才廿多岁，不仅写下了《水手》《海客的故事》这样的名篇，还翻译了不少著名的外国诗作，发表了一系列诗论，如《美国的新诗运动》《现代的平民诗人买丝翡耳》《诗泉浇灌的花》《法国诗之象征主义与自由诗》，成为文研会灿若群星的诗人中译介西洋诗的主力。

刘延陵先生在《诗》月刊创办的第二年，考取公费赴美国西雅图华盛顿大学留学的资格。两年后因脑疾发作，心力交瘁，被迫辍学返国，遵医嘱放弃了心爱的诗神，从此在诗坛销声匿迹。他一生写过新诗五十多首，未发表的有二十来首。他主编《诗》月刊期间，与文研会同人郑振铎、郭绍虞、周作人、朱自清、俞平伯、叶圣陶、徐玉诺等人出过一本合集《雪朝》，列为文学研究会丛书之一，由商务印书馆出版。朱自清主编的《中国新文学大系·诗集》，曾从《雪朝》选录了他的《水手》，从《诗》一卷四号选录了他的《海客的故事》。20世纪60年代后期，刘延陵先生一度又拿起了笔，在《新加坡月刊》发表了不少新诗，如《新加坡颂诗》《新加坡礼赞》《皇家山是人民山》等，大多写于1967年至1969年间。后来他曾通过他在义安学院中文系的学生收集这些诗作，似乎想编一本诗集，但始终未见出版。

早年，刘延陵先生曾介绍过法国象征派的诗，但他创作的诗却是明白如话。诗评家孙琴安说他的诗"朴实亲切，无论是音节、语言、构思、意境，都达到了很高的水平"。如他的传世之作《水手》，就是新诗初创时期的一首难得的好诗。它看起来平淡，却具有震撼人心的力量。云惟利教授说："他善于捕捉诗的意境，感情绵密，于平淡之中看出新鲜的诗意来。"

二

"刘延陵"这个名字第一次在我脑海里留下印象，还是在1936年我在金华中学读初一的时候。有一天我偶然在图书馆里借到一本《雪朝》，这本合集收集了文研会八位诗人的作品，不知是什么原因，"刘延陵"这个名字给我留下了特别深刻而难以忘怀的印象。今天回忆起来，也许是因为刘延陵先生收在《雪朝》里的13首诗作，确实曾经感动过我那颗稚嫩的心，尤其是那首《水手》，半个多世纪过去了，我至今仍能脱口而出——刘延陵先生笔下的那个漂洋过海、在船上讨生活的水手，他那思念妻子的真挚感情，的确动人心弦；也许是因为我当时从其他老师口中得知，这位风华正茂的年轻诗人，前些年就曾在我就读的金华中学执教，一种崇敬的心情一下占据了我这个初中生的心。从此"刘延陵"这个名字就永远烙印在我的脑海里。

后来，我在大学里讲授中国现代文学史时，对刘延陵先生在我国新诗发展史上的地位有了进一步的了解。我曾多方打听这位诗人的行踪，直到20世纪80年代才从湖州徐重庆先生处得悉刘延陵仍健在，在新加坡郊区隐居。我怀着崇敬的心情，通过大学时代的同学邢济众先生寄去一封问候的信，出乎意料的是很快就收到刘先生的回信，我们就这样建立了通信联系。

三

1988年8月，我有机会去狮城①参加第二届世界华文文学国际会议。出发前我就盘算，到新加坡后，一定找个机会去拜访刘老先生。正好与会的韩国诗人许世旭教授、我国香港诗人犁青先生也有同一心愿。8月19日上午8时多，我们从半岛酒家出来，就在门口冒雨跨上计程车。新加坡夏天的雨，说来就来，说去就去。等我们到达裕廊刘家门前时，太阳又出来了。刘老也以阳光灿烂的心情接待我们三个不速之客。新加坡诗人柳北岸说："刘延陵是个沉默寡言的人，即使和朋友在一起也不太讲话。"那天，我们与刘老都是初次见面，他却谈兴很浓，随着我们的提问，谈诗，谈自己的过去，也谈南行定居新加坡后半个世纪来的经历。从他细声慢气的谈话里，我深感这位从诗坛退隐半个多世纪的老诗人还有一颗未泯的诗心。后来据新加坡朋友说，这位过着归隐式生活的老诗人，虽然不求闻达，但并未真正退出诗坛，五十多年来不时还有诗作在多种刊物上发表，包括北京的《诗刊》，只是用了金季子、金正、

---

① 新加坡的别称。

夏逢、秋石等笔名，绝少使用自己的原名发表罢了。

在新加坡定居的刘老，除新加坡被日寇占领期间，一度在狮城牛车水硕莪巷租了半间店面摆书摊，以售卖旧书和出租小说糊口，并一直默默地从事新闻文教工作。"于文坛而言，近乎销声匿迹，藏在他心里的许多'五四'故事，数年来也有仰慕者欲叩其门扉，据与延陵先生有多年交往的郑子瑜教授说，老人家似乎一意想使人忘记他，一直以来都拒绝采访。"

那天，我们意外地受到刘老热情而亲切的接待，在扑鼻的茶香中谈旧忆往。时间好似过得特别快，不知不觉间已是近午时分，我们不得不依依不舍地站起来向刘老告别，并在刘家毗连式小洋房前合影留念。临握别的时刻，刘老一再要我们留下住址，说是要到我们下榻的旅邸回访。我们都惶恐万分，心想刘老是九四高龄的长辈，怎好让他老人家来看望我们呢？经一再辞谢，他才没有来。但是万万没有想到，我回到家之前，刘老的信已先我而到——

蒋校长：

去年承邢济众先生介绍，得向台端修书请教，至感荣幸。最近大驾降临南岛，本当趋旅邸拜候，并导游名胜地区。无奈年迈体衰，力不从心，至祈原宥，并乞暇时不吝笔墨，多赐函教。敝寓地址如下：

Mr. Y. L. Liu

42，Lorong Pisang Emas，

Singapore 2159

Republic of Singapore

专此。顺候

秋安！

刘延陵启

1988年8月29日

四

那天，结伴趋访的归途，犁青先生约我为他主编的香港《文学世界》写篇专访。回国后，我为了写得确切些，便给刘老去信，提了些问题向他请教。

延陵先生：

您好！

今接8月29日手书，十分高兴。这次趁在新加坡参加国际学术会议之机，偕同韩国许世旭教授、我国香港诗人犁青先生一起，趋府拜访，承蒙亲切接见，感到非常荣幸。看到您老人家九四高龄，身体健朗，至感欣慰。

您先后在金华中学、暨南大学教过书，我则先后在上述两校就读，但均未能亲聆教诲为憾。

犁青先生准备在他主办的《文学世界》约我写篇介绍您的文章，我已接下这个任务，不知您能否为我提供一些资料？

另外，我还想请教几个问题：

①您是怎样爱上新诗，并走上诗歌创作道路的？

②您主编的《诗》是在怎样的背景下办起来的？

③您对新诗的前途有何看法？

④听说您曾在金华中学教过书，确切吗？能否介绍一下过程？

⑤曹聚仁是金华浦江人，后来也在暨南大学当过教授，不知您与他

有过些什么交往？

⑥您1937年南迁星洲后，有否回过大陆？

⑦能否介绍一些您与叶绍钧[①]、朱自清、俞平伯等先生交往中的逸闻？

那天，去您家拜访时，我忘了带相机，照片都是许世旭先生拍的，现在中韩尚未建交，不知他能把照片寄给我否。因此，我希望先生能惠赠一帧近照，尚祈俯允。

敬颂

夏安！

晚蒋风

9.18

信寄出去不到一个月，便收到刘老的回信：

蒋风先生：

捧读九月十八日惠书，敬悉一切，今就垂询的各节，恭答如下：

①我是在胡适之先生提倡白话诗之后爱上新诗的。

②关于我编《诗》月刊的缘起，情形大概是这样的：1923年下半年（笔者按：此处系刘老记忆有误，应是1921年下半年）我与朱自清、叶圣陶两君同在吴淞中国公学教书。有一天下午我们三人同在校外散步闲谈，忽然想起编印一种专载新诗的月刊，就跟当时上海的中华书局编辑部商谈，由我们编辑此种小月刊，由中华书局印行，我们不受酬报，也

---

① 即叶圣陶。

不负经济上的责任。不料协商之下，一拍即合，于是开始的数期由我编辑。以后我有远行，不知编务是如何了结的。

③关于我对中国新诗的前途的看法，我是乐观的。新诗苦挣的时代已经过去，最近数十年中已有许多新诗杰作，在中国与海外流传，它们已以作品与事实，证明新诗是一种行得通的诗创作大道。

④我曾在金华第七中学高中部教过整整三年书，那是方豪做校长时。该高中部的大门耸立如阜，可以凭高望远。我在那边的三年生活是非常愉快的。

⑤1920年起，我在杭州省立第一师范学校①教过三年书，那时曹聚仁是一师的学生。后来他先后在上海与香港教书卖文，文字中时常谈到我，这些单篇文章，后来由他自己编辑成《我与我的世界》一册自传。

他后来在暨大教过多年书，且被当时的中国教育部授以"教授"的荣衔。

⑥我是1937年9月到南洋来的。1937年8月13日，日本侵略军开始在上海动武，造成所谓"八一三"之役。当时我觉得以后江浙两省的学校绝不能继续开办了，遂应当时马来西亚首都吉隆坡的《马华日报》的聘请，担任它的主编，以后也主编槟城的《光华日报》，做过新加坡《星洲日报》的编辑。

⑦1937年我南来之后，曾于1939年秘密经过上海的日军占领区，往江苏省北部故乡省亲一次。

⑧我与叶绍钧、朱自清、俞平伯三位相识，都是由于我们四人曾于1920—1922年三年之中在杭州省立第一师范学校一同教过书。

---

① 浙江省立第一师范学校，今杭州师范大学。

⑨中韩虽未建交，但许世旭先生在我家所拍的照片，他必定可以寄给你。他的地址如下：

135　韩国

江南区驿三洞　699—26

⑩附上半身拙照一张，敬赠给先生，专此顺颂著安。

刘延陵启

1988年10月8日

收到刘老这封长达千余言的来信，我的心情久久不能平静——九四高龄的前辈诗人竟如此迅速并详尽地回答了我所提出的问题。更令我感动不已的，是过了五六天又收到刘老的第二封长信，对我所提的一些问题又做了进一步的补充——

蒋风先生：

日前接奉9月18日大札后，我已对垂询各节答复，并附上拙照一帧，想已达记室。对于第七条关于我与朱自清、叶圣陶、俞平伯诸君交往中逸事遗闻一项，我答以"与叶、朱两君在杭州第一师范同事时间较久，故彼此尤为亲近"，实则此语尚须校正与补充。我与朱兄共事的时间最久，计先在杭州的浙江第一师范学校同事2年，后在宁波的浙江第四中学①同事2年。

我与他同进杭州一师执教，与当时的一段富有戏剧性的逸事有关。大约1918年间，陈独秀在北京大学任文科学长（即今之文史哲学院院

---

①　浙江省立第四中学，今浙江省宁波中学。

长），兼为上海的某书局编辑《新青年》杂志，鼓吹新思想。不久，杭州一师即有一名施姓学生（笔者按：即施复亮）受其影响，发表了一篇题为《非孝》（排斥孝道）的文章，引起杭州旧派士绅的激烈反响。他们要求浙江教育厅厅长开除此学生的学籍，并罢免一师校长经子渊的职务。于是一师学生罢课"留经"，一师的教职员也分作"拥经"与"反经"两派，风潮激荡，甚至牵动了当时的全国学生联合会也做一师学生的后盾。

那时朱自清与俞平伯两兄已在北大毕业，而尚留校研究，他俩与当时的北大学生罗家伦，常为当时北大学生创办的《学潮》月刊大写文章，声名甚盛；我也常为上海某杂志写些幼稚文章，冒充前进的卒子。于是由罗家伦在幕后牵线，由在上海职业教育社头子黄炎培之下帮闲的蒋梦麟博士出面，让一师的四位最受杭州旧派士绅指摘的教师（笔者按：即陈望道、刘大白、夏丏尊、李次九）离校，由朱、俞与我及另外一人接替其职务。我们四人当时曾被丘九①们冠上"四大金刚"的尊号。也许这就是你要知道的遗闻逸事了。

附带再添一笔。当时是所谓"五四"运动时期，其时第一次欧洲大战②结束，在巴黎开和议大会。欧战方酣时，日本曾对中国提出吞并中国的24条（笔者按：系"21条"之误）要求，强迫中国签字。开和会时，日本又要求中国承认这些要求。于是中国各地都组织了学生会，反对签字。这即是所谓"五四"运动。为了推进"五四"运动，当时中国全境的学生都组织了学生联合会，北京则有一个全国学生联合会总会。

---

① 指学生。
② 即第一次世界大战，因主战场在欧洲，故称。

这个总会有一次开会时，推举北大的学生代表方豪为主席。后来方先生即因这一炮而成名，做到金华的浙江第七中学的校长。

专此奉闻。顺颂

教安！

刘延陵敬启

1988年10月15日

此信是专对先生所问的遗闻逸事答复的。

关于这封信，1988年11月6日新加坡《联合早报》第九版曾有这么一段报道："蒋风是中国浙江师大的校长，刘老先生年轻时在这儿当过教师。蒋风回国后曾来信，请刘老回答几个问题。去了一封信后，在去世前几天（笔者按：是去世前三天），刘老又再投寄给蒋风第二封信，据刘太太说，刘老当时表示，因为还有些问题要搞清楚。这是刘老在世投寄的最后一封信。"刘老这种一丝不苟、诲人不倦的精神，多么令人钦敬啊！

当我读到报道中说"这是刘老在世投寄的最后一封信"时，我的泪水情不自禁地夺眶而出。

我泪眼迷蒙地一遍又一遍读着《联合早报》上的报道：

——1988年10月17日，星期一，刘延陵老先生用了牛奶与鸡蛋的早餐后，感到不适，到中央医院检查。

——住院留医，是感冒，肺也受轻微感染。不应算是什么大病。

——到了18日下午，刘老曾先后两次按铃唤护士，表示自己感到头晕。第二次，医生也在场，他还向医生询问病情，医生给他氧气罩。就这样，他就"含笑"逝世了，时间是下午三时左右。

看到这个报道之前，我真想不到刘老走得这么快。两个月前，我亲眼见到刘老精神矍铄、神采奕奕。不久前，我还收到刘老神色专注、伏案工作的近照。就在那次难得的访问中，还听到他充满自信的戏言："看来我要活到120岁呀！"

我一连收到刘老的两封长信后，又给他去了一信，正等待着他老人家再一次来信。万万没有想到，1988年11月下旬收到的却是他女儿玉芳用英文书写的信，带来了刘老去世的噩耗：

蒋风先生：

我们已经收到你寄给我父亲的信，可是，我爸爸已于10月18日过世了。他患了肺炎住院，在医院去世的。他毕竟已经94岁高龄了。

随函寄去寄给我父亲的韩国来信的复印件，以及我爸爸逝世后介绍他事迹的一份报纸的复印件。

我妈妈说能否把两封信的复印件寄给她？即我爸爸去世之前寄给你的两封信。她希望这一愿望能得到满足。谢谢你，希望很快收到你的回信。

刘延陵的女儿 玉芳

1988.11.18

刘老女儿信中所说的报纸，即上文提到的使我边读边掉泪的《联合早报》，而那封韩国的来信，就是8月19日跟我和犁青结伴拜访刘老的许世旭教授回国后给刘老的信：

延陵先生：

上月游星时，曾与蒋风、犁青两位，登门拜访您这位慕名已近四十年的老诗人。当时之兴奋，实难形容。尤其晚生特别敬重先生早年之诗作，故于十三年前所编拙译《中国现代诗选》中恭选了数篇，以表敬意。返国之后，立即忙于开国际笔会，现已曲终人散，即刻洗好照片，并置册旧译小本，匆匆奉上，请留表纪念，是所感盼。专此敬复，顺颂道安！

韩国晚生 许世旭敬上

1988.9.10

在这里，我之所以录下许世旭教授的信，不仅因我们结伴拜会刘延陵先生留下了难忘的记忆，还因为那天拜访刘老归来，许世旭先生根据刘老提示的线索（一贯拒绝一切采访的刘老，却有一次例外：1988年3月1日接受了《联合早报》记者的采访。后来《联合早报》以整版的篇幅发表了一篇题为《折柳南来的诗人——"五四"遗老刘延陵访问记》的专访和刘老的一首新作《杨柳》），当晚赶到报社，找出那天的报纸，复印了一份带回半岛酒家。我认为这是一份珍贵的史料，许世旭教授又特地重新复印了一份送给我。

五

得到刘老逝世的噩耗之后，我把正在执笔撰写的专访改写成一篇《无限哀思，遥寄南天——悼念"五四"遗老刘延陵先生》，寄托我的哀思。最后两段是：

但是，您毕竟已匆匆地走了。写到这里驻笔遥望南天，默念您新作《杨柳》诗前所引的19世纪一位法国诗人的诗句：

亲爱的朋友们，将来我死了，
请在坟上植杨柳一株。
我爱那些柔情依依的枝叶，
令我感觉亲切的浸在月光中的淡白色，
和树影的时常轻轻抚摩那
伴我长眠的黄土。

但愿有生之年，我能有再访星洲的机缘，到你灵前插上一枝杨柳。安息吧，刘老！

我的心愿终于实现了。1991年6月，我应新加坡国立大学的邀请出席中文系主办的"汉学研究之回顾与前瞻"国际研讨会议，使我有重访星洲的机会。临出发前，我专程到杭州，在刘老工作过的浙江一师旧址（今杭州高级中学）找到一棵杨柳，折下一枝，小心地用塑料袋装好，放在行囊中，尽管途中正好遇上苏皖洪灾，在火车上度过四天四夜，赶不上班机，吃尽了苦头，但最后总算在星航的协助下，换了下一个航班抵达星洲。经过暑热折磨的柳枝已憔悴不堪，叶萎枝枯，但毕竟万里迢迢带到狮城，插在刘老的灵前，我想他定会含笑以迎的！

《新文学史料》1993年第3期

中日儿童文学交流的一朵浪花
——《一百个中国孩子的梦》日译本序

　　家野四郎先生是我的朋友杨汝贤君的日语老师。他想从事中国儿童文学的翻译工作，从小杨处得知我是一名儿童文学研究工作者，便要我推荐几本中国儿童文学作品，准备翻译成日文介绍给日本小读者。这时正好我在读中国青年儿童文学作家董宏猷君的《一百个中国孩子的梦》，我为作者丰富的想象力、优美的文笔、纯熟的艺术技巧所着迷，于是不等我把这部好似"魔方"的梦幻体长篇小说读完，就将它推荐给家野先生，并买了一本寄给他。

　　1990年10月，我应日本大阪国际儿童文学馆之邀，再度访日，出席在大阪召开的"中日儿童文学的过去、现在及其未来"学术讨论会，并在会上做《1919—1959在"光荣的荆棘路"上跋涉——中国现代儿童文学四十年的足迹》的基调报告。家野先生通过日本新闻传媒获知这一消息，从冈山市专程赶来听我的报告。他不仅精通中文，而且热爱文学，更对儿童文学着迷。他与中国人民有着深厚的情谊，也深谙儿童心理，因此他一定可以胜任中国儿童文学的译介工作。

　　《一百个中国孩子的梦》的作者董宏猷君也是我的忘年交。我和他多次在儿童文学讨论会上见面，平时也有书信往来。这位出生在长江边的大城市武汉的青年作家，却是在他故乡湖北咸宁县①山区断断续续地度过他的童年。尽管漫山遍野的楠竹、山茶在他记忆中留下了美好的印象，但由于他从小失去了父爱，是他善良淳厚的母亲和外婆含辛茹苦将他抚育长大的，他的童年是悲苦的。这一段艰难困苦的人生道路促使他早熟，生活把他磨炼成一个聪明机灵的孩子。强烈的求知欲促使他出卖自己的劳动力换钱买书读，从9岁开始，他便在码头上推板车赚钱。也许秀丽的山川也孕育了他对美的强烈感知力，他从小兴趣广泛，11岁便以自己出色的儿童画引起了人们的注意，有作品被送港澳展出；12岁便开始写诗，自己编写成集，并绘制了封面；他还有一副美妙的歌喉，从很小的时候起便登台唱歌，至今仍有人认为他走错了道，当他唱起流行歌曲时，比起著名歌手毫不逊色。这位多才多艺的文人，自小学到大学毕业，学习成绩一贯名列前茅。他1972年就在报刊上发表诗作。1977年，他以工农兵大学生的身份毕业于华中师范大学中文系，当了一名"乡村男教师"，在原始的油灯下开始小说创作。1980年，他发表了短篇小说《雪花飘飘》，立即引起文坛的注目，这个作品被翻译介绍到国外。他也因此被有关单位看中，从偏远的农村中学调到武汉市工作，先后在《主力军》和《芳草》担任编辑。他的作品多次在省内乃至全国获奖，这为他从事专业创作创造了条件。

　　"董宏猷"这个名字第一次在我脑海留下深刻印象，是他的小说《吸力》在《儿童文学》上发表并获得了1982年优秀作品奖之后。在中国的儿童文学界，同行们常常谈起20世纪80年代中国儿童文学文坛上冒出的"两董"，即号称"南董"的董宏猷和号称"北董"的董天柚，

---

① 后改为咸宁市。

"两董"都是很有前途的青年儿童文学作家。

董宏猷君1989年在江西少年儿童出版社出版了《一百个中国孩子的梦》这部37万字的长篇儿童小说之后,立即在中国文学界引起了强烈的反响。《文艺报》《文学报》等多种报刊先后发表评论,给予高度评价。这部小说还获得了武汉市首届优秀小说奖、第四届中国图书奖,并被选送波兰参加第六届亚努什科尔恰克儿童文学奖评奖。这部在中国大陆引起人们注目的探索性儿童小说,1991年6月被中国台湾"国际少年村出版社"推出了繁体版,此外在海外也引起热烈的反响,海外华文报刊纷纷做了评介。

我之所以把这部别具一格的长篇儿童文学作品推荐给家野先生,首先是因为我自己就被这部作品的艺术魅力所吸引了。它是写给孩子们看的儿童文学作品,但到了我这个年过花甲的老人手里,我同样读得津津有味。它那奇妙的幻想,将读者引入一个童话般的世界,但又处处使人感到这绝不是纯粹的梦,而是梦幻化了的现实。书中写的都是孩子们的天真的梦,却又在字里行间浸透了人间的世故。作者以不凡的艺术手法,把幻想与现实结合得水乳交融。世事纷纭,充满酸甜苦辣,这些常常是儿童无法理解的,但作者通过巧妙安排,把这些应该让孩子了解的复杂的生活,融合进奇幻的梦境,带领小读者进入一个童话般奇异的世界。作者是把被生活封闭起来的"童心",当作一曲"牧歌"来谱写的。为了"不要让孩子们的童心与梦幻过早地萎缩、过早地扭曲、过早地凋谢以至泯灭",作者写出了一个个中国孩子的梦,虽然每一个"梦"都可以独立成篇,一百个梦却构成了一个整体,"从整体上宏观地反映中国孩子的生存状态、人生意识、深层心理",既富童趣,又饱含人情世故,成了老少皆宜的读物。它以梦幻为双翅,自由灵活地展示中国孩子的内心世界,用一百个不同年龄孩子的梦串成一部长篇小说,对形式与文体进行了大胆探索，也许这也是引起文坛注目的另一原因。总之，它确实是一部值得一读的有创造性的作品。

现在，家野先生翻译的《一百个中国孩子的梦》日文版即将呈现在日本读者面前，它既可让日本朋友看到中国孩子的梦想，也可帮助日本朋友了解中国的现实，它将成为中日友谊之桥下的一朵耀眼的浪花。基于以上认识，当家野先生来信嘱我为他的日译本写篇序时，我就欣然地接受了，借此机会介绍一下原书作者董宏猷君和翻译者家野四郎先生，也谈谈我对这部长篇小说的艺术成就和创新意义的粗浅看法，供日本读者阅读时参考。

《序·序·序》，郑州大学出版社2013年9月出版

从童话城走出来的童话女作家
——《朵玛》序

看着案头上这厚厚一沓打印的书稿，看着色彩鲜艳、画风奇特的封面和插图，还有充满童话意味的书名——《朵玛》，我的思绪一下被拉回到两年前……

那是2005年的金秋九月，我应邀去云和出席"云和木制玩具国际论坛"，这使我有机会在60年后重游旧地。在那兵荒马乱、烽火连天的年代，云和是个破破烂烂的小山城，尽管那时它已成为浙江战时的临时省会，高官云集，但战乱中的繁华仍掩饰不了民生凋敝。经历了时间的流逝，60年后，当我重新走进这座小县城时，仿佛真的走进了一个童话世界，如这部童话里所描述的木头城一样。

今天的云和一派欣欣向荣的景象，到处是木制玩具工厂，几乎所有居民都靠制作玩具为生。云和确实已成为梦幻般的童话天地，是个以木制玩具为特色的玩具城。

在这个童话似的玩具城里，我认识一位年轻的女童话作家，就是本书作者佩拉米黎。这是她的笔名，好一个浓浓童话味的名字。其实她的原名叫金慧乐，出生于20世纪80年代初的一个教师家庭，从小受到良好的教育，长大后又先后在浙江艺术学校、浙江师范大学、浙江科技学院等多所院校受过艺术和科技教育，不仅有钢琴、绘画、文学创作等多项特长，多才多艺，极富创造力，而且充满激情、积极向上，有毅力、有理想，好似从童话世界里走出来的一位魅力四射的青春女孩，极富感染力。

大学毕业后，心怀童话梦想的她，因为钟情于动漫与玩具设计，信心十足地独自创业，带着童话中凸凸狗的那份智慧，创办了自己的公司，并一炮打响。她设计了首届中国木制玩具节的吉祥物及宣传册。公司业务蒸蒸日上，为云和的玩具企业设计了一系列新产品、新包装，还有商标、广告策划等，直接受益的企业多达两百余家。富有童话幻想的她，常常以一款款充满童话色彩的新产品，救活一个企业。有时她设计的一款新产品可以为企业带来上千万元的经济效益，令人刮目相看。她好似一位从童话王国走来的公主，笼罩着传奇的色彩。她的声誉从云和扩及丽水市乃至浙江省。

这位年轻女作家也像个童话中的人物，2005年，她把自己辛勤创建的公司委托他人管理，背井离乡，只身来到杭州，寻找新的发展机遇，开拓新的事业天地。她好似用童话中那种魔幻手法举办了一个动漫设计师化装交流会，结识了一大批动漫圈内的人，又与动漫结了缘，真正走进了童话世界。她以她的出生地云和县城为模型，构思了一个神奇的空间；以她自己小时候上学的经历为线索，创造了朵玛这个小女孩的形象；又以跳跃不羁的思维方法，借助朵玛的画笔，幻化出一只名叫凸凸的狗，作为故事的主人公；同时创造了木头猫阿布及其助手波波鱼和大皮，作为善恶的对比。她构思了许多富有童趣的细节，建构了一个具有现代审美趣味的故事。

当我翻开这沓书稿，从看到这本书的第一个字开始，思绪就立刻飞离尘世，游荡在离奇而美丽的想象世界。木头城堡、云朵凝聚成的棉花飞毯、木头城王国的宫殿、国王和王后、朵玛公主、戴着紫色帽子的小女巫……这些鲜活的人和物，自如地出入于现实世界和幻想天地。作者用天马行空的想象，用贴近儿童的语言，不慌不忙地讲着故事，令人感到不可思议，却又如此迷人。

我想细心的读者不难发现，在主人公朵玛身上有着作者自己的影子，而凸凸狗则纯属作者奇幻瑰丽的想象的产物。由于作者出生于那座依山傍水的、犹如童话般的木头城，全城居民绝大多数是靠制造木头玩具为生，作者在这极富幻想色彩的环境里长大，受过多种艺术教育，且非常了解木头、森林、木制玩具的世界，所以当她娓娓讲出这个故事时，不仅充满想象力，且蕴含了一定的知识，又不缺少美。她自己刚脱离童年时代不久，不但了解孩子，且又以女性特有的感情给故事注满了爱，在温馨的叙述中有着浓浓的诗意和质朴美，带给小读者多层面的阅读快感。

这部童话是作者的处女作。我相信，当读者深入其中，会发现自己完全置身于一个幻想的世界，每一个熟知的事物都被抹上点奇幻的色彩，显示出作者在构建想象世界时的天赋才能，好似不用花多大的力气，就能带领读者在幻想与现实之间进进出出，十分自然，令人忘乎所以。

亲爱的小读者，如果你也是个童话迷，千万不要错过了这位朵玛，也不要错过了那只凸凸狗，还有生活在朵玛和凸凸狗周围的那些奇幻的角色。我想你也会跟我一样从中找到阅读的乐趣，从而进入一个迷人的童话世界。

《序·序·序》，郑州大学出版社2013年9月出版

《来自鬼庄园的九九》序

　　我认识汤汤（原名汤宏英）已6年了。2003年，我在武义县举办全国儿童文学讲习会，当地多所小学的校长都想让自己学校的语文老师来听讲。我为了播撒儿童文学的种子，提高小学语文教师的儿童文学素养，便欣然同意了。其中不少教师只是奉命而来，对我所请的名师所讲的内容并不感兴趣，心不在焉地应付了事，一周的讲学内容究竟获益多少，至今是个问号。当然，也有不少好学的老师受益匪浅，从此走上儿童文学创作的道路，其中就有汤汤。她从当年年底开始童话创作，至今已有60多万字的作品发表在《儿童文学》《少年文艺》《中国校园文学》等全国一流的儿童文学刊物上，且经常是头篇，引人注目；有十几篇作品入选《全国优秀儿童文学作品选》《中国年度童话》《中国儿童文学精品选》《21世纪中国儿童文学大系》《改革开放三十年的中国儿童文学》等选本；获得冰心儿童文学新作奖、《少年文艺》好作品奖、第23届陈伯吹儿童文学奖、《儿童文学》擂台赛铜奖等多项荣誉，成了我国儿童文学界童话作家的新秀。

　　汤汤最早发表的一些作品应该说是比较稚嫩的，并未引起我的关注。直到2007年我读到发表在《儿童文学》5月号上的《守着18个鸡蛋等你》时，她丰富的想象力和独特的叙事方式，使我感到震惊，汤汤好似突然于一夜间成熟了。其实不仅是《守着18个鸡蛋等你》，还有发表在《故事大王》8—9月号上的《老树精婆婆的七彩头发》、发表在《少年文艺》9月号上的《别去5厘米之外》，还有《最后一个魔鬼在雕花木床下》《鬼牙齿》《很大很大的胡萝卜》《鬼的年》《哪怕是只丑丑猪》《妖精的丰厚酬谢》……一篇比一篇精彩，一篇比一篇成熟。这时我才真正感受到汤汤童话的艺术魅力。

首先，我从汤汤的作品中发现她有一种特别敏锐的艺术感觉，善于把丰富多彩的生活内容，通过童话甚至鬼怪故事，以最生动、最浅显、最有趣的形式表现出来。

其次，她有一颗纯真的童心。她熟谙孩子们的心，知道儿童是好奇的、爱热闹的，也喜欢那种有点害怕但又想了解、类似坐过山车的紧张心理。汤汤正是掌握了儿童的这种心理，用童话为孩子们的心灵打开一扇扇窗户，让孩子在神秘而又奇幻的天地里畅游，看到一个更广阔的世界。

再次，汤汤的作品都有一点与众不同的地方，这一种"独特"，如细细咀嚼，都可嚼出一点诗意，耐人寻味。

最后，她懂得给孩子们写东西，幽默和快活是不可缺少的。她努力让孩子从自己的作品里找到乐趣。

以上特色尤其体现在她写的"鬼"的童话之中。从2007年下半年开始，汤汤写了一系列以塑造"鬼"的形象为主的童话，这些童话具有一种迷人的独特气质。文章构思巧妙、语言流畅、机智有趣，行文的色调华丽温暖。故事营造了浓郁的、幽深的、有些忧郁而美丽的意境，曲折幽微，似真似幻。不仅不用担心影响孩子们心理健康，而且可以让他们尽情地享受一种跨越现实的、惊险和快乐相融合的心灵体验，从而培养他们的胆识和想象力。

我建议小读者不妨将汤汤写"鬼"的童话全找来读一读，阅读她那些别具风格的童话，畅游一番她笔下的那个奇幻的世界，定会像坐过山车一样感到既紧张又快乐而回味无穷的。

这里展现在小读者面前的这本《来自鬼庄园的九九》，一看书名，我想它一定能引发小读者的阅读兴趣，因为又是汤汤的一个"鬼"故事，而且是个长篇。她把小孩害怕的东西描述成一场场美妙的梦幻，相信小读者一定会看得入迷的，它绝对会成为一次惊艳的、满足的阅读之旅。

从我和汤汤的交往中，从她的童话作品中，我已感觉到她有一种非常适合写童话的天赋。因为童话是在现实生活的基础上，用符合儿童想象力的奇特情节编织成富有幻想色彩的故事。而汤汤虽已过而立之年，但仍葆有一颗不愿长大的心，"对一切充满新鲜感和好奇心"，"有点率性，有些孩子气"，"喜欢幻想"，她的这种天赋和性格，正好与童话的品质十分契合。而更难得的，是她善用古老的"鬼怪"来描绘现代的童话，形成了自己的特色。希望她努力探索，写出更多更好的"鬼"的故事，写出一套现代《聊斋》来，做个当代"蒲松龄"。至于这本《来自鬼庄园的九九》，已摊在小读者面前，不用我再多唠叨，孩子们是最好的批评家，他们喜爱与否就是最好的评价。我希望它能受到孩子们的喜爱。作者也一定懂得：天才的十分之一是灵感，十分之九是血汗。

《序·序·序》，郑州大学出版社2013年9月出版

"午夜大师"系列序

　　读外国文学译作，读者往往把译者看得比作者重，因为若不是翻译的高手，是很难把原作的风韵和作家的风格巧妙地传递给读者的。我想当你拿到这套悬疑小说时，你大概也会先看看译者是谁——他就是我国当代鼎鼎大名的翻译家任溶溶先生。早在五六十年前，也许你的爷爷奶奶就是读着他翻译的《古丽雅的道路》和《俄罗斯民间故事》长大的；稍后，他写儿童诗《爸爸的老师》《你们说我爸爸是干什么的》等；他的童话更是出手不凡，如《"没头脑"和"不高兴"》《一个天才的杂技演员》等；他也写儿童小说，如《我是个黑人孩子，我住在美国》，这篇小说一发表就在社会上引起了轰动效应。他真称得上是位"多面手"。这些作品也伴随着你的爸爸妈妈长大。近二三十年来，他更以全部精力翻译世界各国儿童文学名著，滋润着一代又一代孩子的心灵。

　　1978年，任溶溶调到上海译文出版社编辑《外国文艺》双月刊。这是个主要介绍外国成人文学作品的刊物，由于工作需要，他也亲手编译了不少作品，看似远离了他从二十世纪四五十年代以来一直以翻译外国儿童文学为主的航道。其实世界上不少优秀的文学作品都是超越读者的年龄界限的，例如我国的《聊斋志异》，成年人读得着迷，其中不少篇章是很好的童话故事，小读者也爱不释手。选在"午夜大师"系列中的作品，大多出自莫泊桑、左拉、狄更斯等名家之手，是任溶溶先生主编《外国文艺》时编译的精华，他把它们看作"外国《聊斋》"，优中选优，编成"午夜大师"系列奉献给小读者。

这套书中的故事大多写鬼和幽灵，但并不阴森可怕，而是温暖感人的。民间故事中的幽灵是邪恶的化身，但在《玩偶的幽灵》中却充满了爱的温暖和人情味。主人公玩偶医生帕克勒爱上了别人送来修理的玩偶尼娜，实在舍不得把它还给顾主，只好让女儿埃尔丝代送。可是埃尔丝却迟迟没有回来，焦急等待的帕克勒好似热锅上的蚂蚁。这时尼娜的幽灵出现了，带引帕克勒找到了受伤的埃尔丝……故事写得充满人情味，人物是童话里的人物，环境是童话里的环境，人与人之间的关系也是童话般的关系，尽管出现幽灵，却丝毫没有恐怖的感觉。

在鬼的故事里不作毛骨悚然的细节描写而是表现关爱的话，就会冲淡阴森的感觉。如《鬼友》就是讲述孤儿莫尼卡与七位鬼友相处甚欢的故事。孤僻成性的莫尼卡平时很少说话，老是一个人待在图书馆里看书。这图书馆旁的那间空教室本来是一个女子学校的教室，莫尼卡在这里认识了因病去世的七位女孩，她们成了好朋友，她也从中找到童年的快乐。故事中出现了许多温暖感人的场面，一个沉默寡言的女孩从此变成了活泼乐观的小姑娘。

孩子们出于猎奇，或者为了好玩，喜欢寻找刺激，因此他们爱读带有一定惊恐色彩的故事，如《鬼伯爵寻仇记》。这个题目听起来就有点吓人，对有好奇心理的孩子却颇有吸引力。也许有人会担心孩子读了会担惊受怕，实际上它只是讲了一个伯爵冤死之后要为自己正名的故事。虽有点恐怖气氛，但故事采取了第一人称叙事方式娓娓道来，已经稀释了惊悚惶恐的气氛，字里行间还带了一点诙谐打趣的意味，把鬼伯爵的形象描绘得幽默风趣，令人忍不住发笑，更大大冲淡了恐怖的氛围。

读此类的故事，小读者在体会到恐怖刺激之后，竟有难以言说的轻松之感。

有的篇章则把鬼魅或幽灵的形象淡化到如魔术师制造的幻觉一样轻松有趣。如在《圣诞节的真谛》中，在德布里奇公司干了20年、已经去世的那个修女，被幻化成圣诞妈妈，把一张大奖的票，给了渴望为重病卧床的弟弟得到一份圣诞礼物的穷女孩。故事处处洋溢着爱和温暖，融化在过节的欢乐氛围中，读者早已感觉不到她是鬼魂，当然也不会产生阴森恐怖的感受了。

以上只是信手举的几个例子，年龄大一点的小读者可以从书中发现一个个幻想而读得津津有味。可能有些家长还是不太主张让孩子阅读讲鬼和幽灵的故事，担心孩子读了以后会产生恐惧心理，受到惊吓。其实这种担心是不必要的。首先，译者是我国著名的儿童文学家，也是一位有国际影响的翻译家。他熟谙儿童心理，一生致力于文学翻译事业，几乎世界上所有重要的儿童文学经典作品都有他的译本，其眼光之准、用力之专、成果之显赫，很少有人能与之相比。他认为好的鬼故事其实是童话的化身，从中往往能体会到温暖的东西。其次，今天的孩子见多识广，他们虽带着恐怖心理去读鬼和幽灵的故事，但他们也清醒地知道世界上本来就不存在鬼和幽灵。为此我特地到金华市一所重点小学找了低中高三段各两个班级做了一次简要调查："世界上究竟有没有鬼？"结果是除低年级有少数人相信有鬼外，中高段四个班的学生绝大多数不相信有鬼存在。可见这种担心是多余的。

孩子们普遍喜欢历险、悬疑、刺激和带有一定惊恐色彩的故事。在阅读这类作品中获取乐趣，正好像他们在儿童游乐园坐过山车一样，会给他们带来一些惊恐情绪，但惶恐之后是无穷的乐趣。我想，读鬼的故事也一样，只要阴森描写不要过度，没有过分渲染恐怖，照顾到儿童的心理承受能力，且主体倾向是表现爱、表现善、表现温暖，能勾起他们情感里那些美好的东西，让他们在文学幻想中体验到世界从未存在过鬼魅的事实，彻底从鬼和幽灵的精神束缚中解脱出来，懂得我们这个现实的世界之外，还有一个幻想的世界，让他们的心灵逐渐成熟起来，变得更加勇敢、更加坚强、更加无畏。

《序·序·序》，郑州大学出版社2013年9月出版

"中国儿童文学经典怀旧"系列总序

今年年初的一天，我的年轻朋友梅杰给我打来电话，他代表海豚出版社邀请我为他策划的一套"中国儿童文学经典怀旧"系列图书担任主编，也许他认为我一辈子与中国儿童文学结缘，且大半辈子从事中国儿童文学教学与研究工作，对这一领域比较熟悉，了解较多，有利于全套书系经典作品的斟酌与取舍。

一开始我也感到有点突然，但毕竟自己是读着《稻草人》《寄小读者》《大林和小林》等初版本长大的，后又因教学和研究工作需要，几乎一而再、再而三地与这些儿童文学经典作品为伴，并反复阅读。很快地，我的怀旧之情油然而生，便欣然允诺。

近几个月来，我不断地思考着哪些作品称得上是中国儿童文学的经典，哪几种是值得我们怀念的版本。一方面经常与出版社电话商讨，一方面又翻找自己珍藏的旧书，同时还思考着出版这套书系的价值和意义。

中国儿童文学的历史源远流长，却长期处于一种"不自觉"的蒙昧状态。而清末宣统年间孙毓修主编的"童话"丛书中的《无猫国》的出版，可算是"觉醒"的一个信号，至今已经整整100年了。即便从中国出现"儿童文学"这个名词后，叶圣陶的《稻草人》出版算起，也将近一个世纪了。在这段不算长的时间里，中国儿童文学不断地成长，渐渐走向成熟。其中有些作品经久不衰，而一些作品却在历史的进程中消失了踪影。然而，真正经典的作品，应该永远活在众多的读者心底，并不时在读者的脑海里泛起她的倩影。

当我们站在新世纪初叶的门槛上，常常会在心底提出疑问：在这100多年的时间里，中国到底积淀了多少儿童文学经典名著？如今的我们又该如何重温这些经典呢？

在市场经济高度繁荣的今天，环顾当下图书出版市场，能够随处找到这些经典名著各式各样的新版本，可遗憾的是，我们很难从中感受到当初那种阅读经典作品时的新奇感、愉悦感、崇敬感。这是因为市面上的新版本，大都是美绘本、青少版、删节版，甚至是粗糙的改写本或编写本，不少编辑和编者轻率地删改了原作的字词、标点，配上了与经典名著不甚协调的图片。我想，真正的经典版本，从内容到形式都应该是精致的、典雅的，书中每个角落透露出来的讯息，都应该与作品内在的美感、精神、品质相一致。于是，我继续往前回想，记忆起那些经典名著的初版本，或者其他的老版本——我的心不禁微微一震，那里才有我需要的阅读感觉。

在很长的一段时间里，我也渴望着这些中国儿童文学经典能够以它们原来的面貌重现于今天的读者面前——至少，希望新的版本能够让读者记忆起它们初始的样子。此外，还有许多已经沉睡在某家图书馆或某个民间藏书家手里的旧版本，我也希望它们能够以原来的样子再度展现自己。我想这恐怕就是出版者出版这套书系的初衷。

也许有人会怀疑这种怀旧情感的意义。其实，怀旧是人类普遍存在的情感，它是一种自古迄今、不分中外都有的文化现象。人类作为个体，在漫长的人生旅途上，需要回首自己走过的路，让一行行的脚印在脑海深处复活。

怀旧，不是心灵无助的漂泊；怀旧，也不是心理病态的表征。怀旧，能够使我们憧憬理想的价值；怀旧，可以让我们明白追求的意义；怀旧，也促使我们理解生命的真谛。它既可让人获得心灵的慰藉，也能让人从中获得精神力量。因此，我认为出版"中国儿童文学经典怀旧"系列，也是另一种形式的文化积淀。

"中国儿童文学经典怀旧"系列也为我们提供了一种经过时间发酵酿造而成的文化营养，为我们认识、评价当前儿童文学创作、出版、研究提供了一个有价值的参照系，体现了我们对中国儿童文学经典的批判性的继承和发扬，同时还为繁荣我国儿童文学事业提供了一个坐标、方向，从而顺利找到超越以往的新路。这是"中国儿童文学经典怀旧"系列出版的根本旨意。

"中国儿童文学经典怀旧"系列经过长时间的筹划、准备，将要出版了。

我们出版这样一个书系，不是炒冷饭，而是迎接一个新的挑战。

我们的汗水不会白洒，这项劳动是有意义的。

我们是向往未来的，我们正在走向未来。

我们坚信自己是怀着崇高的信念，追求中国儿童文学更灿烂的明天的。

《序·序·序》，郑州大学出版社2013年9月出版

井上靖散文诗集《远征路》中译本序

　　乔迁先生已在日本定居近半个世纪，但始终不愿加入日本籍，至今仍是身怀中国护照的华侨。他是一位名列《日本绅士录》的著名教授，但仍甘愿做一个堂堂正正的中国人。

　　乔先生不仅精通中国古典文学和考古学，对儿童文学也很有研究。1993年我三度东渡扶桑，在日本做了6个月客座研究员。在这半年岁月中，我与乔先生常在一些儿童文学界的活动中见面，有了更多的接触，从而知道他与日本一流的作家如川端康成、井上靖等都有交往。在闲谈中，他告诉我他曾用中文翻译了一些日本文学名著，希望能在国内出版，要我帮助联系。我回国后，便为实现他这一愿望而做了种种努力。这本井上靖的《远征路》便是他的翻译作品之一。

　　井上靖是日本当代最负盛名的作家之一。他于1907年出生于北海道旭川的一个军医家庭，童年时寄养在祖母家里。他学生时代就爱好文学，创作过小说和剧本；1936年发表小说《轮回》，获得千叶龟雄奖，大学毕业便得以进入大阪每日新闻社担任编辑、记者；1950年他的中篇小说《斗牛》获得芥川文学奖，从而奠定了他在日本当代文学史上的地位；次年，他辞去了编辑、记者的职务，专心从事文学创作。

　　井上靖的文学创作才能是多方面的，他写过小说、剧本、电影脚本，也发表过诗作。但评论界认为他最突出的成就还是在历史题材的小说上，主要有《天平之甍》（1957）、《楼兰》（1958）、《敦煌》（1959）、《苍狼》（1959）等，都以中国古代历史事件为题材，从这也可看出作者对中国的一片深情。这些作品中尤以《天平之甍》最受读者欢迎。小说取材于唐玄宗天宝十二年（公元753年）鉴真和尚东渡日本传播中国文化的史实，以色彩斑斓的艺术画面和波澜壮阔的场景，再现了当年中日两国的政治、文化、宗教诸方面的真实风貌，歌颂了两国人民之间的深情厚谊。

由于他的历史题材小说脍炙人口，因此井上靖有"历史小说家"的美誉。这一美誉掩盖了他在诗艺上的成就，文学界往往忽略了他的诗创作。其实井上靖写诗的历史很久，他自己曾说："我在中学时代就开始读诗、写诗。"他是采用散文诗形式从事诗创作的，在艺术上别具一格，《远征路》就是他诗的代表作。

《远征路》出版于1976年，包括《远征路》《残照》《哈巴罗夫斯克》《摘自"古老的笔记"》《西域诗篇》等5辑诗作，内容大多是从旅途见闻出发，抒写诗人对生活的敏锐感受。井上靖很爱旅行，这本散文诗集侧重于抒发诗人在旅途中的感怀，或创造某种意境，传达看似平缓实富激情的思绪；或探索人生某种哲理，表白他对世态人情的看法。孤寂沉郁成了《远征路》的创作基调，诗集的字里行间满蕴着悲凉孤寂的情绪，与他的小说创作很相似。

辑录在这本《远征路》中的诗篇，都是井上靖晚年的作品，从他的笔底常常流露出诗人对生命的依恋和追求，传达晚境来临的时候那种悲凉的思绪，抒写了一个有着深邃文化素养的老人淡淡的哀愁和静穆的心境，倾诉了历经沧桑的人间的悲与爱，给人一种沉吟味。

井上靖的诗作既是诗又是画，每一篇都营造一个醉人的意境。诗人常常从旅途中的一景一物、一事一迹出发，发挥他非凡的想象和联想，再现了诗人生活的轨迹。从《古都巴尔赫》中，我们可以看到这座阿富汗北部的城市的过去和今天。这里有一座青色的寺塔，"青到几乎要吸人灵魂"，多么动人心魄的描绘。这里"既不生一棵草，也不生一棵树"，它是古代巴利亚的国都，"二千多年前的亡灵的哭泣，即使在白昼，若静下耳朵，也可以听到"。这是寺院西侧的情景，读到这里，令人毛骨悚然。然而寺院的东侧，"现在正开着露天集市，骆驼、驴子和人像被水果机搅过一般混合一起"。一静一动的强烈对比，透露了诗人对世事沧桑的真切感受。不是艺术高手，绝不可能用如此简洁的手法把内在的感情化为具体外在的形象，且留给读者无限想象的余地，可以细细咀嚼。诗人还在诗篇中加以升华，把旅途中所见所闻的事物，抹上一笔哲理的亮色。诗人常常以一颗纯真的诗心，委婉地倾吐着他内心的衷曲。

作为一名中国读者，在这本不厚的散文诗集中，最吸引我的还是最后一辑《西域诗篇》，读起来感到特别亲切，得到感情上的共鸣。那"展延到一望无限的天涯"的白龙堆，那"姿势有着令人难以置信的近代风采"的叉脚弥勒，那摇着衣袖飞天的仙女，那寂静端坐石窟中的千佛，那海市蜃楼般的幻之湖，那荡着微笑的佛祖，那"风靡了唐都的胡旋舞"，还有那浓郁民俗情味的四月八集市，无不如家乡草木那么熟谙、亲切，诗人却以幻觉般的形象，诗意葱茏地呈现在读者面前，诗笔圆熟，语言平易，于全不着力中见出构思之精巧，并且寄托了诗人对人生世态的知性思考，写得十分含蓄蕴藉。于此见出一位大手笔的功力。

读完《远征路》全卷，留下一个远涉征途的诗人探索东方文明的精神面影。从这些诗篇中，我们似乎可以品味出凝结着东方审美情趣的中国水墨画般的意趣。由于它的意象暗淡，心境孤寂，我们好似也可咀嚼到鲁迅的《野草》中的那种诗韵，读来令人震颤不已。

《序·序·序》，郑州大学出版社2013年9月出版

《世界名著中的小主人公》序

　　我有许多位日本朋友，其中交往最久、感情最深的要算鸟越信先生了。我和他都出生于20世纪20年代后期，都经历了惨痛的战争岁月，并被战争剥夺了欢乐的童年；后来又都爱好儿童文学，从事儿童文学的教学与研究，并且都把研究的重点放在儿童文学史上。这一切，也许就是酿造我们友谊之蜜的触媒①。

　　这位日本当代著名儿童文学理论家，出生于神户市，在福冈读完初中和高中后，考入早稻田大学国文科，于1954年毕业。1953年6月，在大学读书期间的他与古田足日、神宫辉夫、山中恒等人，以"早稻田大学童话会"的名义发表了《集结在少年文学的旗帜下》一文，后来这篇文章被儿童文学界称作"少年文学宣言"，它批判了根据传统的童话精神创作的童话和生活童话，主张走以近代的小说精神为内核的少年文学之路。这篇由鸟越信起草的宣言，在日本文坛掀起了一场引人注目的论争。早稻田大学毕业后，鸟越信进岩波书店任编辑，并与古田足日、神宫辉夫、山中恒等创办《小伙伴》（1954年创刊）。在此期间，他发表

---

① 催化剂的旧称。

了一系列有影响力的儿童文学论文，确立了日本战后的儿童文学论，对战后日本儿童文学的变革和发展发挥了巨大的作用。后来，他又辞去岩波书店的工作，先后担任东京学艺大学讲师、早稻田大学教授、大阪府立国际儿童文学馆总括专门研究员等职，以一位学者的身份，活跃于日本儿童文学学术界。

20世纪80年代初，我有一个偶然的机缘，与鸟越信先生成了神交的通信朋友，时有书信往返。1986年8月，我应邀参加了鸟越信负责筹备的儿童文学国际研究会议，这是一次规模不大但意义深远的国际会议，一共仅20名代表，却来自17个国家。那天我从上海虹桥机场起飞，两小时便到达大阪。国际儿童文学馆派畑中圭一和高桥静男两位研究员在出口处等候。我办完出关手续走出来，一眼便看到他俩举着"欢迎蒋风先生"的牌子，虽然我和他们从未见过面，却顺利地会面了。他俩带我从国际机场出口处转到国内航班候机厅休息片刻，我便只身乘机去东京。

在东京无数霓虹灯的交织闪烁中，飞机降落在成田机场。我带着一种初次单独出国的紧张心情走出机场。出口处未见有人来接我，心情就更加忐忑不安。机场的大厅里人山人海，各色服饰、各种肤色的旅客川流不息，摩肩接踵，熙攘往来。天啊，在这茫茫人海中，我怎能找到迎接我的鸟越信先生呢？我们虽然神交多年，却从未见过面，我连他的照片也未见过，他又没有像畑中圭一先生那样举个接客牌。我提着行李在人海中转过来又转过去，希望从陌生的人群中找到我从未见过面的老朋友鸟越信先生。就这样，我走来走去，转了个把小时，已累得满头大汗，腿也拖不动了。我开始失望了，心想也许鸟越信先生有突发的事无法抽身，也许……但我又一一否定了自己的猜测，通过几年来的通信交往，我坚信他是一位重感情、守信用的人，即使遇上什么意外，也一定会想方设法来接我这个初访者的。于是我又在机场大厅的一个显眼的位置上坐了下来，一面仍以探索的目光注视着每一位从我眼前匆匆而过的旅客，一面听着手表秒针嘀嗒嘀嗒的声音，心情既紧张又焦急。眼看快11点了，我想，总不能在机场里坐等天明啊，还是先在机场附近找个旅馆住下来再说吧。但正当我俯身去提行李的时候，听到背后有人用日语发问："您是蒋风先生吗？"我吃了一惊——这位就是鸟越信先生吗？！我连忙转过身来跟他握手。"はじめまして、どうぞよろしく！（初次见面，请多关照！）"在我等得快要绝望之际，这位身材瘦小的朋友突然出现在我面前，这怎能不使我感到吃惊呢？和友人初次会见，我往往拙于言辞，这次在异国他乡，我连应有的寒暄都忘了。而他却接二连三地用我仅能听懂的一点日语说起来了。他说他刚才也转来转去地在找我，后来仅仅凭一种直觉才寻找到我这位陌生的朋友。他还问了我旅途的情况，又谈了召开儿童文学国际研究会议的计划和安排……他一句句诚挚的话，像一股股暖流涌上我的心头。而当时我那满腔友情的话，却无法用流畅的日语表达出来。这时，只感到我那颗紧张、焦急的心，在无限温暖的友情中很快地平复下来，好似避风的船回到了港湾。

第二天中午，鸟越信先生要赶回大阪筹备儿童文学国际研究会议，我就断然放弃在东京参观两天的计划，跟他结伴乘新干线高速火车回大阪。我们虽属初次见面，却谈得很投机。我怨自己日语的口语水平太蹩脚，他恨自己不会汉语，幸好中日两国同文同种，又在心灵深处潜蕴着许多共同的语言，可以借助文字来交流。我说，由于战争的影响，我的整个少年时代都在腥风血雨中度过，因此失去了按部就班受教育的机会，6年时间读完12年才能完成的基础教育，于是留下许多知能上的缺陷，例如外语就没有学好，尽管成年后在文学上补了课，但口语就没补好，至今影响到思想感情的交流——笔谈毕竟不如对话那么亲切、自然、流畅，对话可以表达许多更细微的情感。他听了我的叙说，也深有同感。他说他的外语也因战争影响没有学好。其实他的英语水平就比我高得多。

到大阪后，他忙着会议事务，很少有时间跟我促膝长谈。但在这难忘的7天的相处中，他的一举一动，都跳跃着一颗热爱儿童的心。

一年以后，我以校长的身份邀请鸟越信先生到浙江师范大学讲学。他不仅没有收受一分钱的报酬，连来回的旅费也是他自己支付的。最后，我个人送给他的一幅中国画和一个滴水观音瓷塑，他也没有占为己有，至今尚陈列在大阪国际儿童文学馆馆长室中。他的慷慨，他的无私，他的乐于助人，使我懂得友谊真是一种最神圣的东西，不光值得特别推崇，而且值得永远赞扬！我想，一个人只有获得人间真挚的友情，才能真正领略生活的意义。

那年，他来我校讲学的10天时间中，我因忙于校务，实在也挤不出多少时间陪伴他。但仅仅是断断续续的交谈，也使我对他那颗为了孩子、为了未来的博大恢宏的心，有了更深一层的了解。

1979年是联合国确定的"国际儿童年"，这位把毕生心血献给儿童文学事业的早稻田大学教授，把他用数十年时间一点一滴搜集起来的12万件儿童文学资料，毫不吝啬地全部捐献给大阪府。大阪府就以鸟越信先生捐赠的藏书和资料为基础，在大阪郊区吹田市风景秀丽的千里万博公园内建造了举世首创的国际儿童文学馆。这个以搜集、保存、整理、公开利用儿童文学资料为任务的研究机关，从1984年5月5日开馆以来，已为孩子们和儿童文学事业的发展做了大量有益的工作。

1990年10月，我因出席首届中日儿童文学讨论会，又来到风光旖旎的"梦之湖"畔，金色的阳光洒满了千里万博公园的大草坪，国际儿童文学馆就坐落在这个幽美的环境中。当我再次走进这座具有国际规模的儿童文学馆时，对鸟越信先生的崇敬之情又一次涌上心头。我真难以相信，这位身躯瘦小的鸟越信先生竟有如此博大的心胸、高远的视野。他为了儿童，为了人类的未来，也为了增进各国人民之间的了解，不仅献出了自己珍藏的全部儿童文学资料，而且辞去了待遇优厚的早稻田大学教授的职位，离开了东京的幸福美满的家庭，孤身只影地生活在大阪，为策划、开拓国际儿童文学馆的工作而忘我地劳动。他究竟图的是什么呢？我想他该有自己的希望和理想。

为了孩子的健康成长，为了儿童文学的进步繁荣，为了人类美好的未来——这就是鸟越信的希望和理想所在。

人的意义不在于他所达到的，而在于他所希望达到的。我从自己与鸟越信先生多年的交往中，深知他所希望达到的，都已逐步在实现。例如，他愿把他的全部智慧贡献给儿童文学事业，先后出版了很多书，主要的有《儿童文学入门》（1962）、《日本儿童文学向导》（1963）、《儿童文学论集》（1964）、《儿童文学和文学教育》（1965）、《3—6岁的图画书和童话》（1967）、《日本儿童文学史研究》1—2卷（1971、1976）、《儿童文化、儿童的文学》（1973）、《战后儿童文学的证言》（1979）、《桃太郎的命运》（1983）、《四季童话》（1983）、《世界名著中的小主人公》（1984）等。另外，他还参加了"日本现代文学鉴赏丛书"的编纂工作，由他编选了《儿童文学卷》（1982）。参加编撰《校定新美南吉全集》共12卷，附卷2卷的工作，为了发掘新的资料，纠正新美南吉童话中的改篡，他委托我打听中国有哪家图书馆收藏有20世纪30年代哈尔滨出版的《日日新闻》，当我打听到大连旅顺图书馆收藏有上述报纸的合订本后，他又不辞辛劳地专程赶来查对发表在《日日新闻》上的新美南吉的童话作品。对于文献资料，鸟越信先生始终是以科学的认真态度对待的，在这方面他也取得了很大的业绩。如他编制的《日本儿童文学史年表》Ⅰ、Ⅱ（1971、1976），在日本儿童文学学术界也是一部权威性的著作。

又如，他也希望他的著作能有更多的人读到，能将它们译成中文在中国出版。我就在他的著作中选出《世界名著中的小主人公》这一本适合中国读者的书，约请了姜群星、刘迎两位先生一起，花了近一年的业余时间，终于译成中文，商请新世纪出版社出版，以表达我对鸟越信先生诚挚的崇敬的心意。

如果时间、精力允许，也有出版的可能，我将趁明年春天第三次去国际儿童文学馆做研究工作的机会，与鸟越信先生进一步商量，再将他的著作陆续地介绍给中国读者。这是留在我心底的一个美好的心愿。

从上面一鳞半爪的介绍中，我深信亲爱的中国读者也一定会理解，鸟越信先生的心愿已在实现，必将开出鲜艳的花，结出丰硕的果，定能在他献身的儿童文学事业中显示出他人生的意义和生命的全部价值。

如今，鸟越信先生已年过花甲，但在他那干瘦的身躯里，仍然跳动着一颗永不衰老、博爱慈祥的心。他的生命是美丽的。我想，凡是关心下一代健康成长的人，都将永远记住这个平凡的日本名字——鸟越信。

《序·序·序》，郑州大学出版社2013年9月出版

《牧童之歌》序

　　放在我书案上的这部童话集稿本《牧童之歌》的作者潘仲连先生，我并不相识，却久仰他的大名。因为他在盆景艺术界是位大师级人物，他是浙江盆景艺术研究会会长，中国盆景艺术家协会副会长。1994年5月由建设部城建司颁证，授予他"中国盆景艺术大师"的荣誉称号，《浙江日报》曾为此发表过长篇专访。同年10月，由中国盆景艺术家协会发起，评审委员会再次授予他这一光荣称号，他成为我国园林盆景艺术界的领军人物。我从报道中得知这位大师是一位虔诚的基督徒，自幼好学，博览群书，在文学、美学、艺术、哲学方面都有很深的造诣，自学成家，受人尊敬。我也很景仰，只是无缘拜识。

　　真是无巧不成书，他的女儿潘晓明是我的非学历儿童文学研究生，也十分好学。最近她给我寄来他父亲的童话创作集《牧童之歌》，要我为他父亲的童话集作序。来信提及他们父女之间的一段往事——小潘读大学时老潘刚退休，突发童心，写起童话来，兴致勃勃地拿给小潘看。没料到女儿却说："语言晦涩，没有童趣，不好玩！"把这位父亲的一腔火热的创作欲望给扑灭了。时隔十年，小潘初为人母，体味到儿童文学的甘甜，参加了我的非学历儿童文学研究生班，深深感受到儿童文学的力量，她又来到她父亲面前，说："爸爸，你写童话吧！不要因为我年少时一句不懂事的话，就放弃你的追求！"因为这句话，这位父亲一方面为了圆自己的儿童文学之梦，另一方面为了激发女儿的学习热情，以76岁的高龄重新拾笔，开始学习创作儿童文学，写出了这本《牧童之歌》的童话集子。

这位老潘，就是盆景艺术家潘仲连先生。"活到老，学到老。知无涯，生有涯。"凡是在艺术、学术上有建树、有追求的人，总是很珍惜光阴的。"当尽你应尽的义务"是书里第一个中篇《牧童之路》中牧羊人对阿咩说的话，这是潘先生的心声，也是他一生的追求。在他对中国盆景艺术奉献了自己的大半生精力后，在他对中西方基督文化学术做出一些研究后，他又一次抓紧时间，把目光投射到孩子身上，试图在自己的古稀之年为孩子们尽一点当尽的义务，这是很值得年轻人学习的精神——一种为追求艺术真谛而勤奋不辍、孜孜不倦的精神。作为一名在儿童文学领域刚起步的大师级的老学童，作品可能有这样那样的不足，但路只有在前进者的足下才会缩短，何况艺术都是相通的，作为盆景艺术大师的他，既善于创作实践，又精于艺术理论，将文学、美学、艺术、哲学融会贯通，在童话创作上试笔，他努力以其优美的语言和质朴的教育思想去打动小读者的心，也试图打动成年人的心。他对家乡的真挚情感、对大自然和亲情的歌颂，跃然纸上；他教育儿童要通过磨砺洗去惰性而奋发的创作意图，让人看到理性思维在儿童文学领域中生化出来的妙笔。从潘老这部作品中，我读出：任何事，只要去做，火钩也能锻炼成宝剑。

我相信，通过这本童话集，熟悉潘先生盆景艺术的人们会对他不服老的童心有一个全新了解而更生敬意，也使得不认识他的孩子们有机会认识这么一位愿意为他们尽一份力的爷爷并为之高兴。应小潘之托，遂略陈所感，是为序，并借此对新书出版表示祝贺。

《序·序·序》，郑州大学出版社2013年9月出版

《弹拨月亮琴》序

我带过数届研究生，离退休后又免费招收了非学历儿童文学研究生，每届研究生的必读书目中都有《爱的教育》。

入学时，我告诉他们，搞儿童文学的人，必须把自己当作一位母亲、一名教师，要对儿童充满爱心，否则不容易出成果。

作为我的学生，沈芬不仅学完了6门儿童文学研究生课程，按时完成规定的作业，写出了有质量的论文，而且在学习期间就创作了《绿色家园科学童话》两卷，后来又陆续有《神秘的水晶球》《给妈妈过生日》等科学童话集出版，全国多家报刊也不断地刊登她的作品，作品还不断获奖。看来沈芬对入学时的要求有较深的领悟，所以也就有了这些成果。

现在沈芬又创作出了绿色家园科学童话《弹拨月亮琴》，即将由河北科学技术出版社出版发行。

当她把这本书的手稿寄来，我一口气读完她的新作之后，这些内含科学知识又富童话幻想的作品，又令我这个耄耋老人迷醉。我感觉她的创作灵感像泉水似的在源源流淌，而且是那么清新、那么甘润。

突出"保护生态环境"这一主题，是沈芬科学童话的一大特色。20世纪末她就选择了这个主题，她想让孩子们明白，爱护环境如同爱护生命。

生态环境日趋恶化，已成为当代人面临的一个十分严峻的问题。沈芬怀着强烈的责任感，拿起手中的笔，构筑一个个迷人的童话世界。借助童话的艺术力量让年轻的下一代从故事中看到这一严峻现实，借以使人们进一步觉醒。

在沈芬的童话里，既显示了大自然力量的不可抗拒，如《暖湿公与冷风婆》；又显示了人类智慧的伟大和科学力量的伟大，如《地缝中的巨人》《嫦娥和美利坚的凤凰》《阿波罗游神州》《巨大无比的鸟巢》等；在人类与自然和谐共处的同时，人类的智慧及科学技术力量能使大自然变得更加秀美，如《迷人的帽儿山》中美丽的帽儿山、《孙悟空告状》中的花果山等，既充满了神秘感，又展现了科学技术的新成果。

孩子们是喜欢故事的，童话故事更迷人。但是科学童话要赢得孩子们的青睐，并使他们从中受到感染，就需要科学与文学、知识与艺术的高度融合。这些年来，沈芬在这方面进行了许多研究和不懈探索。她通过自己的艺术构思，借助幻想的彩翼来展现科学知识。我们读《桃花仙子》《麤麤鼻儿》也好，读《会说话的老风衣》《实验室里的小幽灵》也好，沈芬笔下的一个个童话形象都具有似真却幻、似幻却真的特点。她少用一些怪诞的笔法，因为她的创作素材都源于生活。不论长幼，读后像是置身其中，甚至可以从中找到自己的影子，感觉十分亲切。这是沈芬科学童话的又一特色。

文学要植根于本土，还必须不断创新，才会有其生命力，科学童话也不例外。沈芬把中华民族特有的二十四节气和十二生肖融入童话故事中，挖掘了它们的科学内涵，塑造了一个个奇特的童话形象，如《春姑娘来了》《小雨点回来了》《冬冬和圣诞老人》《老虎给猫拜年》《我们飞不高，不是因为懒》等，不仅告诉了读者许多鲜为人知的天文气象学、物候学、动物学知识，而且渗透了仁爱、诚信、和谐等优秀的中华传统文化。孩子们不仅能学到科学知识，而且可以从中体会到如何做人、做事，实为难能可贵。这是沈芬科学童话一大新的特色。

当然，奇幻的故事不等于科学知识，它是凭借着作者丰富的想象创作出来的。小读者在读了故事之后，也许还会有迷惑不解的地方，因此，作者又在每篇童话作品之后，设计了一个"知识链接"栏目。读者只要抓住这个知识链儿，就可以拽出一串跟正文相关的知识，继而由迷惑不解转为豁然开朗。这也是沈芬科学童话的一大特色。

沈芬长期从事基础教育工作和教育报刊的编辑工作。她热爱孩子，也了解孩子。她用《爱的教育》一书的理念，用爱心虔诚地为孩子们写科学童话。

作为她的儿童文学导师，我深信她的努力会成就她所希望的事业。大家读了该书的附文《海棠花盛开的时候》后，会进一步了解作者及其创作意图，对理解全书内容会很有帮助。

我希望这卷科学童话会被孩子们喜欢。"知而获智，智达高远。"希望她作品中的故事飞进每个孩子的心灵，并使他们从中得到智慧的启迪和心灵的快乐。

《序·序·序》，郑州大学出版社2013年9月出版